춤추는 하수아비

춤추는 허수아비

발　행 ㅣ 2018년 8월 3일

지은이 ㅣ 임혜순
펴낸이 ㅣ 신중현
펴낸곳 ㅣ 도서출판 학이사

　　　　출판등록 : 제25100-2005-28호
　　　　주소 : 대구광역시 달서구 문화회관11안길 22-1(장동)
　　　　전화 : (053) 554~3431, 3432
　　　　팩스 : (053) 554~3433
　　　　홈페이지 : http : // www.학이사.kr
　　　　이메일 : hes3431@naver.com

ISBN _ 979-11-5854-141-5　03800

춤추는 허수아비

임혜순 수상록

學而思 학이사

책머리에

내 생애의 황혼기인 팔순을 맞고 뒤를 돌아다보니 감회가 새롭고 못 다한 아쉬움도 크다.

성실히 살아온다고는 했으나 부끄러움과 후회도 많았다.

44년간의 교직생활에서 부딪친 일화들이 많고 많지만 그 중에서도 재미있는 소재를 골라 옆에 있는 친구에게 말하듯이 '애, 애. 나는 이런 일들이 있었단다.' 하고 공감을 얻고 싶은 것을 적어 보았다.

5남매를 낳았지만 맏아이 때만 특별휴가를 얻고 나머지 아이들은 방학 때에 낳아 수업에 결손을 주지 않았다는 이 점이 모범공무원상을 받게 된 동기인 것 같기도하다.

현 여교사님들이 이 글을 어떻게 평가할지는 모르겠지만….

3050시대를 맞이하여 선진국 대열에 들어설 조건을 갖춘 우리나라, 꽁보리밥을 먹던 시대를 거쳐 스테이크를 자르는 지금까지의 변화된 생활 속에 적응하면서 잘 살았는지? 못살았는지? 아무것도 한 것이 없는 것 같아 가끔 남편을 보고 '나는 아무것도 한 것이 없어요.' 하면 '그 만큼 했으면 됐지 무얼 더하려고' 위로의 말을 하기도 하였다.

마침 사설학원들이 폐원된 80년대라 5남매들의 교육은 오직 학교 공부에만 의존했기에 교육비의 걱정은 없었다. 모두 명문 대학 원하는 학과에 입학할 수 있어서 감사히 생각했다.

퇴임을 하면서 우물 안 개구리 같은 생활에서 벗어나 세계를 향하여 발걸음을 옮긴 나는 지구촌 이곳저곳을 방문하면서 대자연의 신비로움과 그곳의 문화들을 경험하면서 느꼈던 일이 많았다. 이 좋은 자료들을 묻어둘 것이 아니라 모두와 함께 공유하고 싶은 마음이 생겼다.

나는 문학을 한 사람은 아니지만 주변의 지인들이 쓴 글들을 읽어보면서 '어떻게 이렇게도 잘 썼을까?' 감탄을 하면서 부러워했다.

나도 감히 졸필이지만 경험한 삶을 느낀 그대로 솔직하게 펼쳐보면 어떨까 하는 생각이 났다.

둘째딸의 권유도 있었다. 학생들의 일인 일책을 발간한다는 계획을 세우면서 "어머니도 한번 써보세요." 라고 도전할 용기를 주었다.

이 한 권의 책이 나오기까지 먼저 나의 삶을 지금까지 인도해주신 에벤에셀의 하나님께 감사와 영광을 돌리며, 이 글을 쓰는데 많은 도움을 주신 견일영 집사님, 강이철 집사님, 황순자 권사님께 깊은 감사를 드립니다.

2018년 8월
임 혜 순

차 례

제2부 가정 생활

제3부 해외 여행

평생 보람된 삶을 살아온 참된 교육자

강 이 철

경북대학교 사범대학 교수

　세계 최고 선진국의 대통령이 우리나라 교육을 부러워하는 것처럼 전 세계가 자랑스러워할 정도로 비약적인 발전을 이루어 온 우리 교육은 모든 국민의 관심과 열망의 산물이라 할 수 있습니다. 불과 60여 년 전 만해도 우리나라가 전 세계 최빈국 중 하나였다는 사실은 지금의 발전상에 비추어 돌이켜보면 우리 국민의 저력을 보여주는 하나의 반증이라 하기에는 너무나 극적이라 하지 않을 수 없습니다. 이 드라마와 같은 극적인 반전의 견인차 역할을 한 것이 우리 국민의 교육열이며, 그 교육열을 더욱 강렬하게 타오르게 한 주인공이 바로 우리 선배 교사였다는 사실에 이의를 제기할 사람은 아무도 없을 것입니다. 이 글은 그 주인공 중 한 분인 임혜순 선생님의 44년간 교직자로서의 삶을 여러분과 함께 나누고 또 널리 추천하고 싶은 마음과 더불어 같은 교육자로서 한평생 헌신에 감사의 마음을 전하는 뜻도 함께 담겨져 있습니다.

웃음과 슬픔, 해학과 풍자, 익살과 재치, 연민과 동정, 공감과 소통 등 이 한 권의 글 속에 우리의 감정이 이렇게 다양한 모습으로 담겨질 수 있을까 싶을 정도로 흥미진진했음을 고백합니다. 지난 시절의 모든 것은 아름다운 추억으로 각색되어 회상된다고 했는데, 독자인 저에게는 그렇게 재미있는 이야기지만 그 당시의 여러 가지 상황을 몸소 겪으신 정황을 떠올려 보면 웃음으로 이 글들을 맞이하는 제 모습이 송구스럽기까지 합니다. 대구와 경북의 여러 곳에서 철부지 아이들에게 꿈과 희망, 그리고 엄마의 따뜻한 정을 골고루 나누어 주신 사랑이 오늘의 우리가 누리는 번영과 발전의 초석이 되었음을 누구도 부인하진 못할 것입니다.

우리의 교육을 이야기하면서 지금의 교실을 들여다 보면 최 첨단의 교육매체가 곳곳에 비치되어 있고, 교사와 학생들은 능숙하게 장비를 다루고 있습니다. 매체의 신기성 효과를 우려하지 않을 정도로 이미 학생들에게 익숙해진 기자재들이 교육의 다양한 목적을 달성하는 데 활용되고 있습니다. 뿐만 아니라, 우리나라 교사의 인지적 우수성이 세계 최고라는 굴지의 컨설팅 기관의 공식적인 인정 역시 우리 교육의 수월성을 객관적으로 증명해 주고 있다고 할 수 있습니다. 이처럼 최신의 장비와 최고의 교원을 갖춘 상황임에도 우리 국민이 느끼는 현 교육 시스템과 관행은 그렇게 장밋빛 전망만을 예고하는 것 같지 않습니다. 이런 이율배반적인 우리의 처지를 생각하면서 어떤 노력이 더 필요할까를 고민하는 가운데 이 글에서 작지만 의미 있고 중요한 돌파구를 보았습니다.

선생님의 반세기에 이르는 교직생활에 대한 여러 면모를 비록 짧은 글로 접하긴 했으나, 그 삶 속에서 전인교육의 참 모습을 볼 수 있었습니다. 즉 '교육적 道를 느낄 수 있었습니다. 평소 교육학자로서의 소신대로, 교사는 무엇보다도 인간을 가르치고 있다는 사실을 망각해서는 안 된다고 생각합니다. 가장 훌륭한 교사는 끊임없이 학생의 인격을 도야하는 일을 중심에 두고 모든 교육활동을 전개해야 합니다. 즉 가르치는 일을 하면서 훌륭한 교사는 진솔한 마음으로 仁과 德을 학생의 마음에 새기게 하고 이를 실천하도록 지도하는 일에 최선을 다해야 한다는 것입니다. 그런데 보통의 교사는 학생을 가르치면서 교과가 설정한 목표를 가시적인 행동을 통해 실천하도록 지도하는 데 노력하지만, 때로는 목표의 달성에 집착한 나머지 인간을 가르친다는 사실을 망각하는 큰 우를 범할 때도 있곤 합니다. 더 큰 문제로 부족한 교사의 경우, 교육과정에 설정된 내용을 가르치는 일에 함몰되어서 그 내용이 어떤 종류의 목표이며 어느 수준에 해당되는 것인지를 고려하지 않고 내용을 가르치는 방법 또한 학생의 수준에 맞지 않게 지도하는 경우가 종종 있습니다.

 필자의 글을 읽으면서 끊임없이 교사로서의 책임과 의무를 다하기 위해 노력하는 훌륭한 교사로서의 모습을 확인할 수 있었습니다. 작은 에피소드 하나에서도 학생에 대한 사랑과 교직의 본분을 지키기 위해 애쓰시는 열정이 고스란히 드러나는 아름다운 장면을 떠올리게 됩니다. 수많은 제자와 함께 교직의 아름다운 추억을 가슴에 품고 계시는 필자는 진정 행복한 분이라 생각합니다. 더불어, 3녀 2남의 장성한 자녀들에 대한 어머니로서의 헌신적인 삶은 또 다른 한 인생의 자랑스런 모습으로 기억됩니다. 이 모든 삶의 빛나는 흔적을 홀로 가슴에 품기보다 이렇게 글로 많은 사람과 공유하고자 결정하신 일은 참으로 귀한 소명 의식의 발로라 생각합니다.

언제나 바르고 따뜻한 선생님

견 일 영
수필가, 전 경북고등학교 교장

감명 깊은 수상록이다.

임혜순 권사는 안동사범학교 학창시절부터 공부 잘하고 인성이 남달리 좋아 교우들의 사랑을 듬뿍 받은 모범생이었다.

교직 생활에서도 학생들에게 일관되게 사랑으로 교육을 했다. 사랑은 남에게 주는 것이다. 학생들에게 주는 데 정성을 다했을 뿐 아니라 교육을 하는 과정에서도 세밀한 데까지 조금도 소홀함이 없이 44년의 긴 세월을 사랑으로 일관했다. 임신 중에도 구름사다리 오르기 시범을 보일 정도로 철저한 책임감으로 교사생활을 했다

가정에서도 조금도 소홀함이 없이 단란한 생활을 펴나감은 물론 자녀들을 모두 훌륭하게 키워 그들이 사회에 크게 봉사할

있게 하였다. 교회에서도 드러나지 않게 하나님을 경배하고 교리를 충실히 실천해 왔다.

교회 회계담당 집사가 나에게 가만히 물어왔다.

"임 권사와 그의 부군 우 장로는 상당한 액수를 꼭 일정하게 십일조 헌금을 하는데 그 많은 액수가 맞습니까?"

"예, 맞습니다. 연금 액수가 항상 같으니까요."

대답을 하면서도 나도 감동했다.

교육은 배우는 것이고, 공부한 만큼 가르칠 수 있는 것이다. 임 권사님은 학창시절부터 배우는 데 정성을 다했다. 그의 우수한 두뇌는 학문을 탐구하는 데 큰 동력이 되었다. 제자들 뿐 아니라 가정의 자녀에게도 이 가르침의 힘이 매우 컸다. 공자의 논어 첫머리에도 '배우고 때로 익히니 기쁘지 아니한가.' 라고 하여 배움을 만사의 으뜸으로 주창했다. 제자와 자녀의 성공은 이 배움의 지침에 따른 결실로써 크게 아름다운 열매를 맺게 되는 것이다.

그는 진정한 교육자요, 모범 가정을 이룬 어머니요, 하나님을 한된 마음으로 경배하 삭아 있는 줌이이다, 부디 그의 앞날에도 영광과 행운이 언제나 함께 하기를 기도드린다.

1부 교직 생활

초임지에서의 첫 소풍

나는 안동 중앙국민학교 제40회 졸업생이다. 사범학교를 졸업하고 첫 발령을 모교인 안동 중앙국민학교로 받게 되었다. 그때도 은사 선생님이 몇 분 계셨다.

1957년 5월 어느 날 교직에 몸을 담은 후 첫 소풍이었다. 왁자지껄 운동장에 모인 아이들의 얼굴 얼굴은 너무나 즐겁고 기쁜 표정이었다. 간혹 껌을 씹고 있는 어린이가 있는가 하면 볼이 불룩 튀어나오도록 알사탕을 굴리는 아이도 있었다.

우리 그학년의 소풍지는 안동시의 외곽지였던 서악사 절 근방의 산이었다. 학교에서 도보로 약 40분 정도의 거리였다. 노래를 부르며 발을 맞춰 신나게 걸어갔다. 왼편 저 멀리에는 낙동강이 유유히 흘러가고 있었다. 소로를 따라 약간의 산비탈을 올라 조금은 평퍼짐한 산중턱에 자리를 잡으니, 조그만 다복솔들이 여기저기 꽂혀 있어 제법 그늘도 있고 드문드문 참꽃(진달래)도 활짝 피어 있어 소풍지로서는 안성맞춤이었다.

도착하자마자 점심부터 먹자는 아이들을 달래서 몇 가지 신나는 반별 놀이도 하고 자연 관찰도 했다. 12시까지 시간을 채우느라고 목이 좀 아팠다.

즐거운 점심시간! 아이들은 마음이 들떴다.

"얘들아, 절대로 멀리가면 안 된다. 이 근처에서 먹어야 한다."

"선생님이 보이는 곳에서만 놀아야 한다."

"위험한 곳에는 가면 안 된다."

여러 가지 안전 교육을 몇 번이고 다짐하고 나서 아이들이 점심을 먹을 수 있는 자리들을 돌봐주고 도시락을 안 가져온 아이들은 서로 나누어 먹도록 조를 짜 주었다. 어느 정도 점심 식사 지도가 끝날 무렵 저쪽 소나무 밑에서

"8반 선생님, 그만하고 어서 와요."

2학년 동 학년 선생님들이 한데 모여 점심을 먹게 되었다.

"선생님, 유귀숙이가 언덕에서 널쩠어요.(떨어졌어요.)"

나는 용수철처럼 튀어 일어났다. 직접 본 아이보다 보지 못한 아이가 더 실감나게 아이가 처박혀 못 일어난다고 했다. 점심 먹던 장소보다 한 50m 떨어져 별나게 자리 잡은 4~5명의 여자 아이들이 언덕 위 바위에서 놀던 중 귀숙이가 떨어진 것이다.

나는 숨을 헐떡이며 바위 위에서 아이가 떨어진 곳을 내려다보았다. 거기엔 참 별난 광경이 벌어져 있었다. 아이는 쪼그리

고 앉아 두 무릎에 얼굴을 묻고 울고 있었는데 치마가 없었다. 한 4m는 조금 더 될 듯한 언덕 아래로 떨어졌는데 언덕 가운데 지점쯤에 가지가 많은 작은 나무가 한 그루 있었다. 주름 자국이 뚜렷한 귀숙이의 치마가 걸려 있고 귀숙이는 치마 말기 조끼만 걸친 채 울고 있었다.

"귀숙아 다친 데는 없니?"

아이를 일으켜 세우니 다친 곳은 없는데 치마가 떨어져 나간 조끼만 입고 있는 모습이 너무나 우습기도 하고 신기하기도 했다. 귀숙이는 떨어지면서 나무에 걸렸다가 치마말기가 타지면서(뜯어지면서) 치마만 걸어 놓고 아래로 떨어져 다친 데는 없었다. 중간지점에서 쉬었다가 떨어졌기 때문이었다.

"휴, 정말 다행이구나!"

"귀숙아, 울지 마!, 치마를 꿰매 줄께."

발돋움해서 나뭇가지를 휘어잡고 치마를 걷어냈다. 옆 반 선생님께 아이들을 부탁드리고 팬티만 입은 귀숙이의 손을 잡고 근처의 인가를 찾았다. 인심이 좋아 보이는 사오십대의 쪽을 찐 아주머니가 바느질 통을 내주면서 말한다.

"야이야, 치매도 희한하게 타졌구나!"

나는 그날 점심도 먹는 둥 마는 둥 치마를 다 꿰매어 언덕에 올라갔을 땐 벌써 귀교를 하기 위해 아이들이 줄을 서고 있었다. 아이들은 이런 사실을 아는지 모르는지 즐겁게 손을 잡고 노래를 부르면서 산을 내려왔다.

거머리

체육시간이었다. 학년 주임 선생님이 오늘은 낙동강에 가서 체육 수업을 하자고 했다. 학교 바로 앞이 낙동강이긴 하지만 가고 오고 합쳐 두어 시간은 걸린다.

아이들은 좋아서 함성을 터뜨리고 옆의 친구를 끌어안고 펄쩍펄쩍 뛴다. 지금 생각해도 그 낙동강 현장 수업은 너무나 좋은 자연 학습장인 것 같다.

그때만 해도 안동댐이 건설되기 전이기 때문에 수량도 많았고 공해가 없는 맑디맑은 강물이었다. 모래알이 알알이 다 보이고 송사리들이 떼 지어 다니는 모습이며 물살도 세지 않고 물도 얕았다. 그 대신 강폭은 너무나 넓었고 깨끗하기 그지없는 모래 사장이 끝없이 펼쳐져 있어서 아이들이 뒹굴고 뛰놀기엔 그 이상이 없었다.

학교에서 줄지어 그래도 질서 있게 가다가 강둑까지 오면 바로 아래가 모래벌판이기 때문에 안전하여 선생님들이 통제를 하지 않는다.

"야~~! 와~~!"

아이들은 열에서 이탈하여 모래벌판으로 내달린다. 걷는 아이, 뛰는 아이, 그냥 데구루루 구르는 아이 등 제각각이다.

신발을 벗고 모래사장에 들어서니 쨍쨍한 7월 햇볕에 단 모래알들이 얼마나 뜨거운지 발을 경중경중 들고 "앗, 뜨거!", "앗, 뜨거!"를 연발하면서 선생님들도 아이들 속에 휩싸였다.

"준비 체조 시작~~! 하나, 둘, 셋, 넷 ~~."

자유대형으로 흩어진 아이들이 구령에 맞춰 체조를 했다. 모래가 뿜는 열기가 대단했다. 아이들은 어서 물속으로 뛰어들고 싶은데 선생님들의 안전지도가 귀에 들어오지 않는다. 반별로 옷을 벗어놓고 첨벙첨벙 물속으로 뛰어들었다.

2학년 1반에서 4반까지는 남자 반이었고 5반에서 8반까지는 여자 반이었다. 담임도 남학생은 남선생님, 여학생은 여선생님이 담임을 했다.

개구쟁이 남자 아이들은 옷을 홀렁 벗고 뛰어들었고 여학생은 아래위로 고무줄을 넣은 검은 팬티를 입고 물에 들어갔다.

나는 치마를 걷고 무릎 밑 정도의 물에서 아이들의 물장구를 피하며 왔다 갔다 했다. 정말 깨끗하고도 시원한 물이었다. 발바닥에 느껴지는 보드라운 모래는 밟을 때마다 사그락사그락 소리를 내면서 발바닥을 간질였다.

"엄마야! 거머리!"

우리 반의 손순덕이가 펄쩍 뛰며 물가로 나왔다.

왼쪽 종아리에 검은 물체 하나가 딱 들어붙어 있다. 내가 손을 데려고 하니 너무나 징그러웠다. 번들번들한 검은 원형 물체가 약간씩 움직이는데 순덕이가 손으로 딱 치니까 약간 늘어졌다가 다시 오그라들면서 떨어지지 않았다. 두 다리를 동동 굴리면서 악을 쓰고 울었다.

원래 벌레라고 하면 지렁이에서부터 배추벌레까지 보기만 해도 길길이 뛰는 나였다. 큰일 났다. 저걸 떼야 하는데 어떻게 하나 용기를 내서 강가의 버들개지 하나를 주어다가 벌레를 건드리니 조금 늘어졌다가 다시 들어붙는데 그 힘이 상당했다. 순덕이와 나는 같이 "엄마야!" 하고 소리를 지르며 발을 굴렀다.

그제야 여기저기서 아이들이 모여 들고 모래사장에 조용히 앉아 계시던 6반 김남영 선생님이 오셨다. 나보다 한 4년 선배이시기도 하고 친구의 언니이기도 한 너무나도 조용하시고 차분하며 용모가 단아하신 분이다.

아이와 선생이 같이 소리 지르고 덤벙대는 꼴이 얼마나 우스꽝스러웠으랴!

토막 난 자갈돌 하나를 줍더니 날카로운 부분을 거머리가 붙은 위쪽에 데고 아래로 싹 긁어 내렸다. 거머리는 아래로 뚝 떨어졌고 떨어진 자리에서는 선지피가 종아리를 타고 흘러 내렸다.

짧은 순간이었지만 너무나 침착하고 흔들림이 없는 행동에 애송이 교사로서의 부끄러움을 금할 수 없었다.

김 선생님은 대구에 오셔서 명퇴를 하셨다는 소문을 들었을 뿐 그간 만난 적은 한 번도 없었으나 늘 마음속에 그 단아하고 침착한 모습이 남아 있다.

마음 아픈 제자 석장수

　석장수! 그는 장난꾸러기에다 개구쟁이이고 키도 멀대처럼
컸다. 2학년 치고는 덩치가 다른 아이들 보다 커서 약자를 곧잘
울리기도 했고 하루 서너 번씩은 장수 좀 보라는 아이들의 고자
질도 잇달았었다. 거기에다 걸핏하면 숙제를 안 해 왔다. 아예
안 하고 벌을 받거나 야단을 맞는 것이 낫다고 생각하는 배짱이
든든한 놈이다. 행여 다른 아이들이 본받을까 봐 다그치기도 하
고 얼음장을 놓고, 벌도 세우고, 별짓을 다 해 보아도 잠시 뿐이
지 숙제를 해 오는 날 보다 해 오지 않는 날이 더 많았다.

　어느 날이었다.
　"숙제 안 해 온 사람 나와!"
　네 명의 어린이가 나왔다. 멀대 같이 큰 장수도 물론 섞여 나
왔다. 순간 나는 울화통이 치밀었다. 한두 번이래야 말이지.

'아이구, 저걸 그냥'

주먹을 한 대 안겨 주고 싶었으나 감정을 누르고 차근차근 다 그치기 시작했다.

"숙제 왜 못 했니?"

"집에 손님이 많이 와서요. 방이 비좁아서 못….'

고개를 숙이고 들릴 듯 말 듯한 소리다.

"집에 뭐 땜에 손님이 많이 오셨지?"

조금 머뭇거리던 장수는 가늘게 어깨를 들먹이면서

"울, 울 엄마가 죽어 가지고요.'

순간 장수의 눈에서 굵은 물방울이 두어 개 떨어졌다. 엄마의 죽음이 슬퍼서인지, 선생님이 야속해서인지 분간을 못할 눈물이었다. 순간 나는 아! 가슴이 멍해 옴을 느끼면서 꿀꺽 목구멍으로 마른 침을 삼켰다.

"야, 이놈아 엄마가 돌아가셨는데 학교는 왜 왔니?"

거의 울상이 된 나는 비참한 목소리로 아이를 나무랐다.

"울 아부지가 걸거친다고 가라 그랬어요."

나두 모르게 눈앞이 흐려지며 유리창과 아이들이 어른어른하게 보였다.

장수네 집은 안동에서도 북쪽인 산기슭에 자리 잡은 율세동 쟁인촌에서 살고 있었다. 오랜 옛날부터 갖바치나 장인들이 살았던 곳이라고 하며 그 당시도 대체로 가난에 쪼들려 사는 산동네 사람들이 주류를 이루고 있었다. 장수 어머니는 몸져누운 지가 오래 되었고 단칸방에 숙제할 자리도 없었을 뿐만 아니라 장수 아버지도 하루 벌어 하루 살다 보니 병 치다꺼리와 생활고에 찌들려 장수를 보살필 겨를도 없었다. 나는 이런 사정을 왜 진작 알지 못했던가?

그 장수가 지금 어디에 살고 있는지는 몰라도 많은 세월이 흘렀으니 거의 황혼을 바라보는 나이가 되었을 것 같다. 생각하면 할수록 너무 미안하고 슬프고 가슴 아픈 일이었다.

배 시소 사건

직원 조회 종이 울렸다. 스산한 초겨울 아침 선생님들은 학급 경영록을 들고 교무실을 향해 모여 들었다. 후관에 계시는 선생님들은 더 총총걸음으로 발걸음을 재촉했다. 아이들은 연이어 있을 아동 조회를 하기 위해 운동장으로 나가 조금은 시끌벅적한 상태였으나 월요일이면 있는 의례적인 행사라 그런 가운데 회의를 시작했다.

"선도반에서 한 말씀 드리겠습니다."

라 말이 채 떨어지기도 전에

"선생님, 어떤 애가 다리가 부러졌어요."

아이들이 교무실 문에 우우 몰려들어 긴급 뉴스를 전했다. 운동장 남쪽 버드나무들이 줄지어 선 자리 옆에 있는 배 시소 근처에는 아이들이 몰려있었다.

"몇 반이고, 몇 학년이고?"

동작이 재빠른 체육 담당 선생님이 제일 먼저 뛰어 갔다. 그 뒤에 양호 선생님, 교감 선생님, 다른 선생님들은 저마다 가슴을 졸이며 자기 반이 아니기를 바라면서 마음을 졸이고 기다리고 있는데

　"1학년 3반 김용섭이라는 아이입니다."

　나는 가슴이 덜컹하고 내려앉는 듯 하더니 갑자기 기운이 쑥 빠졌다. 허둥지둥 들것을 들고 현장으로 달려가는 선생님들의 모습을 보자 총알처럼 따라 달려 나갔다

　"아이구, 아야…"

　소리 지르는 용섭이의 오른쪽 다리가 무릎에서 발목 사이가 'ㄱ'자로 꺾여 있었다. 너무나 끔찍하고 처참했다.

　교감 선생님이 아이를 안아다 들것에 눕히고 도립병원을 향해 달리기 시작했다. 병원은 학교에서 달려가면 한 5분 정도 거리였다. 나는 너무나 놀란 나머지 몸이 허탈하고 기진해서 들것 뒤를 정신 나간 사람처럼 따라가고 있었다. 마침 도립병원 외과 과장님이 우리 교회 장로님이셨다.

　"임 선생이 여길 어떻게 왔지요?"

　나는 다친 아이가 우리 반 애라고 했다. 그때만 해도 전화가 없을 때라 법흥동 용섭이 집에는 근처에 사는 아이를 보내서 어머니를 모셔 오도록 했다.

　그렇게 울어대던 용섭이는 병원 바닥에 들것에 담긴 채로 누워서 둥근 눈만 멀뚱멀뚱 거리며 가만히 있었다. 나는 그 모습

이 얼마나 가엾고 안쓰러웠는지 몰랐다.

"용섭아, 안 아프니?"

"예, 지금은 안 아파요."

통증이 멎었는지 괴로워하진 않았다. 나는 의사 선생님들이 얼른 아이를 치료해 줄 것이라 생각했는데 뭘 그리 꾸물거리는지 답답하기 짝이 없었다. 자기들끼리 평범한 이야기를 주고받으며 느긋하니 표정들이 너무나 태평인 것을 보니 화가 치밀어 오른다. 나는 아이가 곧 죽지나 않을까 싶어 과장실로 뛰어가

"장로님, 아이를 빨리 치료해 주세요."

하고 성급히 졸랐다.

"아, 괜찮아요. 지금 수술 준비를 하고 있으니 조금 기다리세요."

"아이 다리를 잘라야 하는 것 아닙니까?"

"사진을 찍어 보고 붙여야지요."

수술실에는 보호자들을 들이지 않는다고 알고 했는데 과장님이

"인 선생님, 수술하는 것 보시려면 들어오세요."

하시며 아주 특전을 베풀어 주셨다.

다각도로 반사되는 큰 무영등 아래 수술대에 용섭이를 눕히고 마취를 시켰다. "자, 하나, 둘을 세어 보아라." 부드러운 의사 선생님의 목소리에 따라 "하나, 둘, 셋… 여섯" 까지를 세고는 깊은 잠에 빠져 버렸다.

다리 부분만 패인 흰 방포를 씌우니 상처 부위가 드러났다.

메스로 다리를 20여 cm가량 쭉 찢어 내렸다. 꼭 생선 배를 가르는 것처럼 간호사들이 클립 같은 것으로 집어 놓으면서 살을 벌리고 거즈로 연신 피를 찍어냈다.

몇 겹의 살을 헤치고 드디어 드러난 뼈는 부러지기도 하고 부서지기도 했다, 수술 중 은빛 나는 쇠붙이를 양편에 갖다 대고 나사못을 박는 것을 보았다. 그저 온몸에 소름이 끼치고, 가슴이 두근거리고, 역겹고 끔찍스러웠다. 나는 그 순간의 표현을 어떻게 했으면 좋을지 적당한 말을 찾을 수 없었다. 의사와 간호사의 장갑 낀 손과 가운이 피투성이가 된 것은 물론, 수술 중에 튄 피로 인하여 주변은 그야말로 살벌한 장면들이었다.

그러나 나는 무슨 힘으로 버티었는지 봉합을 하는 것까지 다 보고 수술실을 나왔다.

그제야 오신 용섭 어머니는 "어쩌다 그랬느냐?"고 사실을 다 그쳤다.

생각보다는 침착한 분이셨다. 생활고에 찌든 얼굴 표정에 등에 업혀 칭얼거리는 용섭이 동생을 가끔 들척이면서

"그래, 병신은 안 될까요?" 걱정스럽게 물어 보셨다.

"예, 수술이 잘 되었습니다."라고 안심을 시키고 뒷수습을 한 다음 학교로 왔다.

그날 하루는 수업도 못 하고 경황이 없는 하루를 보냈다.

생활지도를 철저하게 하지 못한 죄책감에 학부모 및 학교 당

국에 대해 미안하기 그지없었다.

그 사건 이후 드럼통을 쪼개어서 만든 배 시소는 철거되었고, 교감 선생님도 아동 생활지도에 더욱더 박차를 가하시게 되었다. 큰 사고를 막기 위해서였다.

어느 날 S 선생님 반 아이들이 복도에서 장난을 치다가 교감 선생님께 호되게 꾸중을 들었다. 담임선생님까지 불려가서 책임을 추궁당했다. 성질이 좀 꽁한 S 선생님이 늘 그것을 마음에 담아 두고 응어리가 져 있었다.

그 년도에 마침 교감 선생님께서 시내 서부국민학교로 전근을 가시게 되어 송별회를 가지게 되었다. S 선생님께서 가시게 되는 교감 선생님을 향하여 그동안 맺힌 마음을 털어 놓겠다고 일어서서 하시는 말씀이

"교감 선생님, 선생님들을 너무 차별 대우하지 마십시오. 어떤 선생님은 아이가 다리가 부러지는 사고를 내도 꾸중 한마디 없다가 복도에서 장난 좀 친 것 가지고는 그렇게 야단을 치십니까?"

또렷하고 다부진 목소리에 좌중의 선생님들은 너무나 아연했고 아무 말씀도 못 하시는 교감 선생님은 난처한 입장이 되셨다. 워낙 큰 사고인지라, 아이를 들것에 담아 나르고 이리 뛰고 저리 뛰고 하는 사이 꾸중이나 나무람을 할 상황은 못 되었었다. 오직 다친 아이를 서로가 위했을 뿐이다.

옛말에 '오는 사람 떡으로 치고 가는 사람 돌로 친다' 하더니 만 교감 선생님은 나 때문에 돌을 맞고 가셨다. 해도 바뀌어 우리는 또 인사이동 철을 맞이했다.

"우짜꼬! 세상에, 세상에 사람이 말을 함부로 할 것은 못 된다. 그자…."

여 선생님들이 모여 앉아 S 선생님의 이야기를 들먹였다.

그해 인사이동 때 S 선생님이 전근 발령을 받으신 곳은 교감 선생님이 먼저 부임하신 바로 그 서부국민학교였기 때문이다.

교생지도 시범수업

　겨우 경력 4년에 교생실습생을 받게 되었다. 교장 선생님께서 무엇을 보시고 최연소자인 나에게 교생 지도를 맡기셨는지 어리둥절했다. 그 당시 안동사범 부속국민학교가 없어져서 일반 국민학교에서 교생실습을 받을 당시였다. 나는 23세의 처녀로서 나보다 3년 후배들을 담당하여 지도를 하게 되니 벅차기 짝이 없었다. 우선 시커먼 교복을 입은 덩치 큰 남자 교생들을 대하니 말문부터 턱 막히고 걱정이 태산 같았다. 아이들은 교생 선생님이 우리 반에 왔다고 좋아라! 뛰며 쉬는 시간마다 손을 잡고 흔들고 뛰어 놀고 살판이 났다.

　일단 교생들이 참관을 하고 있으니 수업의 준비를 단단히 해야겠고 지도 일정에 따라 하루하루가 얼마나 바쁘고 분주한지 몰랐다. 3주가 지나서인지 교생 지도 시범 수업 공개를 해야 한다고 했는데 '협의해서 한다.' 하더니만 무조건 우리 반이 해야 한다고 했다. 나는 강하게 못 한다 그러지도 못하고 그 무거운 짐을 떠맡게 되었다. 10여 개 반에 분산되어 있는 교생들이 6, 70여 명은 되는 듯 싶었다.

그때가 겨울철이었는데 교과는 국어과, 단원은 '할아버지 댁'이었다. 그때만 해도 1학년은 너무나 순진했고 처음 입문해서부터 그야말로 백지에 그림을 그려 나가듯 하나하나 지도하면 정말 흥미 있게 잘 따라왔다.

나는 우선 수업 준비를 위해 지도안을 어떻게 짤 것이며 수업 과정을 어떻게 재미있게 진행시킬 것인가 며칠 밤 머릿속으로 구상을 했다. 수업목표는 '새 낱말을 익혀서 문장을 바르게 읽을 수 있다'는 것이었다. 자료는 융판 자료로서 그림카드와 낱말카드를 준비하고, 할아버지 댁을 방문하는 장면과 인사 장면 등에 필요한 소도구도 조금 준비했다. 물론 평소에는 매 시간마다 그렇게 할 수는 없었다.

수업 시작 전에 검은 교복의 교생 선생님들이 교실 삼면을 둘러쌌다. 아이들은 눈이 둥그레졌다. 이어서 교장 선생님, 교감 선생님은 교실이 너무 복잡하니 앞자리에 앉으시고 지도 선생님들은 복도에 늘어섰다. 이윽고 수업이 시작되었다.

"여러분, 오늘은 여러 교생 선생님을 모시고 함께 공부를 하게 되었어요."

1학년들은 순진했고 귀여웠다. 발표 때마다 푸짐한 칭찬을 들으니 더욱 신이 나서 다른 날 보다 손을 드는 아이들이 더 많았고 학습활동이 왕성했다. 또 참관한 교생 선생님들은 천진한 아이들의 솔직하고 재미있는 학습활동에 아주 흥미를 느끼고 관심 있게 반응을 보내왔다.

우리 반의 재기는 평소에도 발표력이 왕성했는데 오늘은 무슨 큰 잔치나 난 것 같아 너무나 적극적으로 엉덩이를 들고 "저요, 저요!"를 연발해서 고루고루 지명한다는 것이 재기 쪽으로 자꾸만 눈길이 쏠리곤 했었다. 악센트를 넣어서 "재기가 한 번 해 봐요."

다른 아이들을 지명할 때와는 달리 교생들 쪽에서 "와"하는 함성이 터지면서 와글와글했다. 재기의 발표가 끝났을 때 분위기에 맞춰 "차 암~잘 했어요."란 선생님의 칭찬에 따라 아이들의 박수와 교생들의 박수가 동시에 터져 나왔다. 나는 수업을 정해진 시간 내에 차질 없이 진행하려고 온 신경을 수업 과정과 기료의 할8까 아동 활동에 시간을 아배하면서도, 수업의 부절마다 공백 없이 잘 이어 나가야겠다는데 신경을 쓰다 보니 아동 지명이 중복되는 것에 별 신경을 쓰지 못했다.

다음 순간 역할 놀이에 들어가 "누가 철수를 한 번 해 볼까요?"

발문이 떨어지자 말자 "저요~~~ 오!" 하는 재기의 애원 서린 시선이 또 나를 사로잡았다. 다른 아이를 시켜야 하는데 하면서도 '재기'라고 지명을 하고 말았다.

'와아 하하' 교생 측들과 이번에는 지도 교사들까지도 함께 웃음을 터뜨리니 아이들은 흥이 나서 좋아라 들뜨고 참관자 모두들 즐거운 시선을 보냈다. 재기는 기가 살아서 하늘은 찌를 것 같은 표정이다.

할아버지 역할을 맡은 순찬이가 재기보다 키가 조금 작았다. 준비한 수염을 얼굴에 붙이고 지팡이를 떡 짚고 서니 아이들이 즐거운 비명을 질렀다.

"어디 할아버지께 인사를 해 봐요." 했더니 재기가

"할아버지, 안녕하세요?" 허리를 굽혀 똑똑한 목소리로 인사를 했다.

"오냐, 철수 왔니?"

순찬이가 수염이 달린 어설픈 얼굴로 발꿈치를 들고 재기의 머리를 쓰다듬었다. 쓰다듬기 보다는 좌우로 머리카락을 흩트렸다. 또 교실은 폭소가 쏟아지고 눈이 둥그레진 아이들은 함께 즐거워라 웃어재꼈다.

한 시간의 수업이 마냥 즐거운 가운데 끝이 나고 웅성웅성 교생 선생님도 나가고 교장 선생님, 지도 선생님들도 너무나 분위기가 좋은 재미있는 수업이었다고 한 시간을 지루한 줄 모르고 참관했다고 한다. 연구 주임이 지나가시면서

"아, 임 선생, 수고했어요. 거 교장 선생님 성함을 자꾸 부르

면 어떻게 하노?"

그제야 나는 수업 후의 안도감을 느끼며, 참, 그렇구나. 교장 선생님 성함이 임자, 재자, 기자였고 우리 반 재기는 이재기였다. 그 후에 안 일이지만 교생 선생님 중에서도 김재기가 있었다고 한다.

그날 수업이 아동 위주의 재미있는 수업이기도 했지만 재기라고 지명했을 때마다 왜 그렇게들 웃었는가를 알고 나니 교장 선생님께는 너무 죄송하고 몸 둘 바를 모르겠으나 그 수업으로 인해 교장 선생님은 나를 높이 평가해 주시며 안동교대 부속국민학교가 개교될 때 추천을 해 주셔서 개교 멤버로 근무하도록 해 주셨다.

우리가 결혼할 때도 식장에 오셔서 축사를 해 주시면서 조그마한 해프닝을 선사하기도 하셨다. "에~~ 오늘 임 선생님 결혼식에서… 아, 그 참 신랑이 좋아서…" 하시면서 또 몇 마디의 축사를 하시더니만 "아, 그 참 오늘 보니 신랑이 너무 좋아서…" 하시더니 또 신랑 칭찬을 하시고는 축사를 끝내셨다 나는 어째 교장 선생님의 축사가 매끈하지 못한 것 같아서 조마조마했으나 격식에 맞는 딱딱한 축사보다는 인간미가 넘치는 솔직한 말씀으로 우리들의 결혼을 축하해 주셔서 감사하게 생각했다.

매스게임

나는 사범학교 시절에 무용을 담당하셨던 박수상 선생님을 잊지 못한다.

그 선생님은 내가 교직 생활을 하는데 아주 필요한 무용을 기초부터 잘 가르쳐 주셨기 때문이다. 나는 그때 무용 클럽활동에 가입해 있었고 박 선생님은 나를 여러 면으로 인정해 주신 분이다.

발레의 기초, 고전 무용의 기초, 창작 작품 등, 나는 그것을 기반으로 해서 저학년을 담당하면 거기에 맞게, 고학년을 담당하면 또 더 수준을 높여서 한 편의 드라마틱한 작품들을 구성해서 가끔은 갈채를 받기도 했다. 1960년대 당시만 해도 학예회 또는 경연대회가 한창인 시기였다.

그러다 보니 내 젊은 시절은 일명 무용 선생님으로 통하기도 했고 운동회가 되면 응당 군소리 없이 매스게임을 맡아야 했다.

지금도 생각해 보면 내 교직 생활 중 그렇게 많은 연구 수업과 그렇게 많은 무용지도를 한 선생님은 별로 없을 것 같다. 그러나 그것은 승진 점수와는 관계가 없는 것이었다.

5교시를 마치고 5, 6학년 여학생들이 우르르 운동장으로 몰려나온다.

9월의 따가운 햇볕을 운동모로 가리고 담임 선생님들도 모두 나오셔서 줄을 세워주고 협조하기 위해서이다. 체육 주임이 단위에 올라오셔서

"걱정 마이소. 내가 줄을 다 세워 줄 테니까요"

"앞으로 나란히!", "바로!"

"좌우향우! 앞으로 나란히!"

"야, 셋째 줄 다섯 번째 너, 뭐 하니?"

우렁찬 목소리에 아이들은 정신을 번쩍 차린다. 이러다 보니 벌써 10분은 까먹었다.

6교시 40분간의 연습에 막대한 지장이다. 나는 구상해 둔 동작을 16호간 기준으로 8동작을 가르쳤다. 숨 쉴 틈도 주지 않고 다음에는 준비한 음악에 맞추어 아이들과 함께 표현을 하니 구령을 불러가며 헐떡거리며 동작을 하던 때와는 달리 아주 힘이 덜 들었고 아이들도 음악 소리에 맞추니 훨씬 신나게 표현을 할 수 있어 좋았다.

가르치는 나보다 땡볕에 서 계시는 선생님들이 얼마나 괴로울까 싶었고, 또 열과 열 사이로 왔다 갔다 하는 것이 전체 주의

집중에 산만한 것 같기도 해서

"선생님들, 내일부터는 애들만 내보내 주시고 운동장에 나오지 마세요. 저 혼자 통솔하겠습니다."

담임선생님들은 이게 웬 일인고, 싶은 표정이다.

"혼자 다 감당하겠어요?" 하면서 걱정을 해 주었다.

이튿날 5교시 마침종이 울리자 일찍 나오는 반, 늦게 나오는 반, 슬슬 걷는 아이, 뛰는 아이, 그 제각각의 모습을 보면서 나는 곧 구령대에 올라섰다.

'딴따따, 딴따따' 준비 음악을 울렸다.

"여러분, 노래가 나오면 자기 자리로 찾아가서 어제 배운 그대로 동작을 하세요."

16호간 준비 음악이 나가고 이윽고 무용이 시작되었다. 어제 배운 그대로 아이들이 어느새 바둑판 모양으로 자리를 찾아 들며 열심히 동작을 하였다. 16호간 8동작을 하는 데는 2분이 채 안 걸렸다.

좀 늦은 아이들은 이게 웬일이냐 싶어 열심히 뛰어 들어오는 아이도 있고 현관을 나서면서부터 운동장 자기 자리까지 걸어오면서 여유 있게 표현을 하며 오는 아이, 정말 힘 안 들이고 자연스럽게 즐거운 연습시간이 되었다. 뙤약볕에서 군기를 잡으면서 줄을 세우시던 담임선생님들도 모든 것을 나에게 맡기고 그늘에서 쉬고….

다음날은 아예 나오시지 않아도 척척 잘 돌아갔다.

줄 세우고, 잔소리하고 나면 연습시간이 줄어들고 아이들도 괴로운 시간으로 생각하기 때문에….

여기서 꼭 내가 해야 할 일은 동작을 외워서 잘 이어나가도록 시범 동작을 잘 해야 된다는 것이다. 아이들의 동작이 서툴거나 스텝이 좀 틀려도 일단 줄거리를 익히고 난 다음 하나하나 교정을 하기로 했다. 연습 시간이 괴롭지 않고 신나게 즐겁게 하기 위해서였다.

드디어 운동회 날, 이날은 안동시민 체육대회 날인데 우리 동부국민학교에서 매스게임을 나가게 된 날이다. 장소는 안동중학교 운동장, 우리 학교에서 1km 정도는 걸어야 한다. 푸른 줄무늬 원피스, 어깨에는 끈으로 리본을 매고 오후 프로그램이기 때문에 학교에서 매스게임 복장을 갖추고 줄을 지어 이동을 했다. 아이들은 좋아서 키득키득 서로 예쁘다고 집적거리면서 즐거워한다. 인솔은 나 혼자서 안 되기 때문에 담임선생님들이 대동했다. 5, 6학년 여생도가 한 600명은 되었다.

드디어 우리 차례, 아이들을 개선문에 정렬 시킨 다음 구령대를 향하여 뛰어갔다. 운동장이 어찌나 넓든지 우리 학교의 두 배 정도쯤은 되었다. 나는 트랙 밖에 죽 둘러있는 관중석을 의식하면서 가슴이 약간 두근거렸다. 본부석을 향해 인사를 하고 구령대에 올라섰다. 아이들도 긴장이 되는지 멀리서 4명 1조씩 손을 잡고 나를 쳐다보고 있었다. 행진곡이 흘러나오자 제자리걸음을 하는 아이들을 향해 나는 호루라기를 길게 불면서 입장 신호를 보냈다. 어쩌면 발이 그렇게도 척척 잘 맞을까? 두 번째 호루라기와 함께 아이들은 부챗살처럼 대형을 변경시키면서 운동장 가득히 정방형의 바둑판을 이루었다.

흘러나오는 음악에 맞추어 동작의 표현이 시작되었다. 연습 때보다도 얼마나 더 잘 하는지! 구부러졌던 팔도 죽죽 펴지고 줄 간격도 잘 맞추고 신나는 스텝으로 모였다가 흩어졌다가… 하여튼 정신을 바짝 차리고 자기의 실력을 최대한 발휘하는 것 같았다.

피날레의 표현인 5중 원 구성은 평소에는 좀 일그러지기도 하고 동작이 잘 통일되지 않아 속을 썩였는데 어쩌면 그렇게도 잘 표현하는지 환상적인 거대한 꽃 한 송이가 운동장을 아름답게 수놓았다. 야! 아이들에게 이런 끼가 있었던가? 이 협동정신은 대단한 것이라고 느껴졌다. 취주 악단의 둥둥둥 북소리와 관중들의 우레 같은 박수가 운동장을 흔들었다. 발걸음도 가볍게 퇴장하는 아이들의 뒷모습을 보면서 나는 단상을 내려왔다.

지금 생각하면 그때의 장면을 사진이라도 한 장 찍어 두었더라면…. 아마 주최 측에서 찍었겠지만 아쉽게 흘러간 것 같다. 그러나 그 최고의 동영상은 아직도 내 머릿속에 잘 간직되어 있다.

화장실 사건

2002년 월드컵을 대비해 손님맞이 준비가 한창인 즈음, 학교 화장실은 너무나 깨끗하고 잘 정비되어 있다. 정말 안방 같은 느낌이 든다. 깨끗한 타일 벽에 예쁜 벽지 띠를 두르고 칸칸마다 예쁜 소 액자를 걸어두어 용변 보는 이의 눈을 즐겁게 하고 체중계와 신장 측정표도 정갈하게 비치하여 두어 항상 자기의 체격을 알아볼 수 있게도 했으며, 밖을 향한 유리창에는 스테인드글라스처럼 투명 그림을 붙여 놓아 시원하고 깨끗한 느낌을 준다. 또 요소요소에 놓인 수형 화분은 유치를 돋우며 냄새 하나 나지 않는다.

5, 6학년들이 청소를 하느라고 너무나 많은 수고를 하기 때문에 나는 사용하는 우리 반 아이들에게 "물도 한 방울 떨어뜨리면 안 된다."라고 아주 엄포를 놓았다.

아이들이 세면대에 손을 씻고는 그저 아무 데나 뿌리기 때문이다.

　새 천년을 살아가는 지금 어린이들은 좋은 환경 속에서 학교 생활을 하고 있다.

　60년대의 화장실은 실외에 있는 재래식 화장실이었다. 변기라기보다 마루 짱으로 된 변기에 올라서면 삐꺽하는 소리도 나거니와 저쪽으로 한 발을 옮겨 놓으려면 겁도 난다. 아래를 내려다보면 깊기도 하거니와 그 악취 또한 엄청났다. 아이들은 곧장 코를 움켜쥐고 매틀에 앉는 것을 자주 볼 수 있었다.

　4시간 수업을 마치고 아이들을 하교 시킨 후 청소 당번들과 함께 교실 마룻바닥을 한참 쓸고 있을 무렵이었다.

　"선생님, 성한이가 책보를 변소에 빠뜨렸어요."

　장면을 목격한 아이가 헐레벌떡 소리 지르며 달려왔다.

　"저런, 가보자."

　청소하던 아이들이 빗자루를 다 던지고 나를 따라왔다. 죽자고 앙앙 우는 성한이의 얼굴은 눈물 자국으로 얼룩지고 한여름 땀과 함께 얼굴이 온통 물을 뒤집어 쓴 듯하다.

　문제의 화장실을 들여다보니 변이 너무나 차올라 그리 깊어 보이진 않아도 막대가 약 1.5m는 넘어야 건질 것 같았다. 낡은 보자기에 네모나게 싼 책보는 귀퉁이가 떨어져 있었다. 청부 아저씨에게 좀 건져 달라고 했더니만 무슨 일이 바쁜지, 대체로 젊은 여선생의 부탁은 들어주지 않는 편이지만 그날따라 들은 척 만 척이었다.

나는 할 수 없이 적당한 막대기를 구해서 옆에 못을 직각으로 박은 다음 변기 아귀에 집어넣어 꿰어 건져 올렸다.

　한창 더운 여름이다. 구더기도 버글버글했다. 벌레에 대해 약한 나는 덕지덕지 묻은 변이나 악취보다도 떨어질 듯이 매달린 몇 마리의 구더기가 나를 질겁시켰다. 그러나 어쩌랴! 운동장 수돗가까지 꿰어 들고 간 책보를 개수대에 던졌다. 그리고 수도꼭지를 최대로 틀어 물의 압력으로 묻은 변을 우선 흘려보냈다. 보자기를 풀고 젖은 책을 화단 가에 죽 널어놓았는데 직접 변이 닿지 않은 책도 구린내가 푹 배어서 냄새가 지독했다.

　대충대충 빨아 널어놓았던 보자기를 펴고 축축한 책을 싸고 성환이의 얼룩진 얼굴을 물로 훔친 다음 등을 두드려서 집으로 돌려보냈다. 그 이튿날까지도 내 손에서는 구린내가 가시지 않았다.

구름사다리 시범

셋째 아이를 가져 임신 7개월이었지만 남의 눈에는 별 부담을 주지 않을 정도의 체격이었다. 가벼운 몸으로 학교 근무를 잘 했다. 164cm의 좀 큰 키에 원래 빼빼 마른 체격이었기 때문에 바지에 적당한 볼륨이 있는 긴 블라우스를 입으면 별로 볼썽사납진 않았다.

안동교대부속국민학교에 근무할 시절이었다. 상당한 높이의 언덕 위에 자리 잡은 학교로 출근할 때는 한참 숨을 헐떡이며 올라가야 했다. 운동장을 가로 질러 오른쪽 우회도로를 따라 안동 시가지를 내려다보며 완만한 경사를 택해 올라가면 그래도 괜찮은데 쫓기는 아침 출근 시간은 1분이 무서워 경사가 가파른 왼쪽 지름길로 올라간다. 앞에 한 짐 안고 언덕을 다 오르면 땀과 헐떡임으로 한참은 제정신이 아니었다.

그날은 체육이 든 날이다. '교실에서 했으면 좋겠는데' 라고 생각하고 있는데 아이들은 기어이 나가서 하자고 한다. '임신 중인 선생님이라 체육도 잘 안 한다.' 하는 소리를 들을 것도 같아서 "그래 운동장으로 내려가자"

운동장은 한 10여m 언덕 아래에 있어서 항상 조심해서 내려가야 했다.

자유대형으로 준비체조가 끝나고 순환 운동을 시작하자 아이들이 분단별로 달리기, 오리걸음, 게걸음, 정글짐 오르내리기, 철봉 매달리기, 늑목오르내리기 등으로 운동장을 한 바퀴 돌고 제자리에 모였다.

"여러분 오늘은 구름사다리에 올라 방향 바꾸어 내리기를 하겠어요."

그때 그 구름사다리는 반원형으로 된 무지개사다리였다. 오르는 부분과 내리는 부분은 낮고 경사도 완만하였지만 한가운데는 지면에서 한 2m가 조금 넘는 높이었다.

"누가 한번 올라가 볼까요?" 했더니 많은 아이들이 "저요, 저요" 하면서 서로 하겠다고 하기에 몸이 좀 날렵한 남학생을 한 사람 지명했다.

신이 나서 좋아라 하며 올라간 아이는 한 중간까지는 잘 올라갔다. 거기서 방향을 바꾸어서 뒷걸음으로 내려가야 하는데 그냥 아래쪽으로 머리를 두고 내려가려고 했다. 위험하다 싶어 사다리 아래에서 발돋움을 해 붙잡고 "방향을 바꾸어야지, 자 이 손을 먼저 옮기고 그 다음에 발을 하나씩 따라 옮겨."

손을 옮기고 난 아이는 발을 못 옮기고 있었다. 몸을 틀어 방향을 바꾸어야 하는데 마음대로 잘 안 되는 것 같았다.

"얘, 손을 꼭 잡아. 손만 안 놓으면 괜찮단다. 꼭 잡아."

간신히 방향을 바꾸었다. 그 다음 뒷걸음으로 내려가는 것은 안전하고 쉬워서 잘 내려오게 되었다.

그러나 나는 '내가 정확하게 시범을 한번 보여주어야겠다.' 라고 생각하고 아이들을 열을 지어 앉혀 놓고 나서

"자, 선생님이 한번할 테니까 잘 봐요."

하면서 구름사다리를 한 칸 한 칸 올라갔다. 처음 시작은 너무나 쉬웠다. 반원의 중간쯤 이르자 눈앞이 좀 아찔하고 현기증이 났다. 올망졸망 눈을 반짝이며 쳐다보는 아이들을 내려다보니 도로 내려갈 수도 없고

'별 탈이야 있을까?' 생각하고는 힘을 내어서

"자, 방향을 바꾸겠어요."

하면서 오른손을 왼손 쪽으로 보내고 오른발을 옮기려 하니 발이 떨어지지 않았다. 구름사다리의 폭도 좁았고 배가 부르기 때문에 엎드린 상태에서 발을 떼는 순간의 평형을 자신할 수 없었다. 그야말로 오도 가도 못 하는 상태에 눈앞이 캄캄해지면서 소변이 찔끔 나왔다.

'손만 꼭 잡고, 손만 꼭 잡으면 된다.' 머릿속으로 생각하며 오른 발을 옮기고 구름사다리 가름대를 얼마나 꽉 잡았던지 온 몸에 진땀이 쫙 났다. 그 순간 많은 것이 나의 뇌리를 지나갔다.

공포, 죽음, 아기….

일단 방향을 180도로 바꾸고 나니 언제 위험을 당했던가? 곧 푸근한 안도감을 느끼며 쉽게 뒷걸음으로 한 걸음 한 걸음 조심해서 내려왔다.

선생님이 얼마나 큰 공포를 맛보고 내려왔는지를 아이들은 알 턱이 없었다. 그 다음 한 줄씩 한 줄씩 줄을 세워서 차례차례 올라가게 하고 나는 가운데서 방향 바꾸는 것을 도와주면서 아이들이 그 순간 머뭇거리고 겁을 내는 것을 마음속으로 잘 이해하게 되었다.

"그래, 그래. 그렇게 하면 된다. 잘 한다. 겁낼 것 없어. 그저 손만 놓지 말아라."

그날 교실로 올라갈 때 다리가 조금 후들후들 떨렸지만 별 탈은 없었다.

김혜례와 사투리

선생님으로서 늘 표준말을 써야겠다 하면서도 아이들과 거리 감없이 이야기를 주고받다 보면 경상도 특유의 억센 사투리를 많이 쓰게 된다. 안동지방에서는 '정말이냐?'라고 하는 말을 '옳게라?' 즉 '그러냐?'의 뜻으로 통하는 사투리다. 낱말로 써 놓으면 '옳다'라는 뜻을 잘 알 수 있지만 발음상으로는 '올케' 가 된다.

아이들의 발문에 긍정해 주는 뜻으로 '옳게라' 하면 안동 지 방에서는 서로의 의사 전달에 무리가 없었다.

교육 실습을 받는 교생들은 경북 각처에서 온 사람들이라 지 방마다 조금씩의 특이한 사투리들이 다 있었다.

수업을 마치고 오후에 협의회를 가지면 안동을 제외한 타 지 방 교생들이 "선생님, 올케라 하는 것은 오빠의 부인을 말하는 것인데 아이들 발표 때 올케라 하니까 정말 이상하게 들립니다.”라고 했다. 나도 모르게 쓰는 말에 참 그렇겠구나. 다음부터는 ‘정말이냐?’ 라고 고쳐서 말을 해야지.

1970년 초여름이었다. 우리 반에 전입생이 한 명 들어왔다. 서울 모 사립학교 1학년에 다니다가 아버지의 전근으로 인해 우리 반에 들어오게 되었다. 복도에서 어머니를 의지해 낯선 학교, 낯선 선생님을 대하는 어린이는 조금은 불안해 보였다. 키는 조금 작은 편이나 동글동글한 머리 두상에 검은 두 눈이 반짝이는 아주 예쁜 아이였다.

왜? 대뜸 그런 질문을 했을까? “애, 공부 잘 해요?”라 했을 때 혜례 어머니는 잘 한다. 못한다는 말은 피해서 겸손하게 “잘 모르겠습니다.”라고 웃으며 말했다. 외모도 아름답고 기품이 있어 보이며 참으로 교양이 높은 학모 같았다. 앞에서 셋째 줄쯤 앉게 된 혜례는 매 시간마다 총명한 눈빛으로 나를 잘 쳐다보았다. 말 한마디 한마디를 놓치지 않고 귀담아 들었다.

그 시간은 산수 덧셈의 교환법칙에 대한 것으로 2+3=5, 3+2=5 즉, 2+3=3+?가 성립됨을 가르치는 것이었는데 그 와중에 나의 무딘 사투리가 섞여 들어갔다. 2더하기 3도 5요 3더하기 2도 “맹, 글찮느냐?”

이때 혜례가 고개를 갸웃거리더니만

“선생님, 맹이 무어 야요?” 아차! 질문을 받고 보니 ‘맹’ 이란 사투리가 어찌 그리 설명하기도 힘이 드는지 예를 들어서 이렇

게 저렇게 한참 구차한 설명을 하는데

"아~ 아~, 마찬가지냐고요?"

얼른 알아차리고 정리를 해 주는 혜례가 참 기특했다.

혜례가 서울로 전학을 간 뒤에도 여러 통의 편지를 받았다. 1학년이 뭘 안다고 편지 끝머리엔 꼭 '선생님의 영원한 제자 김혜례 올림' 이라고 쓰는 것이 정말 기특했다.

어언 세월이 흘러 연세대학 신문방송학과에 TOP으로 입학, 장학생으로 공부하면서 서울대학의 미련을 못 버린 아쉬운 글을 받은 적이 있다. 그 후 많은 세월이 흘러 KBS기자로 활동하고 있을 무렵 편지에 대한 공부를 하고 난 우리 반 아이들이 우르르 KBS방송국으로 팬레터를 보냈다. 그래서 온 답장은

선생님 안녕하셨어요?

편지 드린 지 10년도 더 지난 것 같습니다. 처음에 입사해서는 너무 바빠서 정말 아무 생각도 할 수가 없었고 몇 년 지나서는 또 죄송해서 인사를 못 드렸습니다. 그런데 선생님께서 담임을 맡고 계시는 초등학생들이 한꺼번에 제게 팬레터를 보내는 바람에 더욱 죄송스러워 졌습니다. 그동안 연락 못 드린 것에 대해 서운해 하시기는커녕 오히려 어린 제자들에게 옛날 제자 자랑을 하셨구나 하고 생각하니 정말 '내리사랑은 있어도

치사랑은 없다'는 말이 틀리지 않구나 싶었습니다.

　아이들이 선생님께서 재미있는 얘기를 많이 해 주신다고 자랑하더군요. 그리고 제가 물건을 아껴 썼다는 얘기를 하셨나요? 어떤 아이 표현에 의하면 제가 '끈질기게 찾았다.'는 지우개 얘기는 저도 기억이 안 나는데 선생님은 기억하고 계시네요. 저는 결혼해서 11살 된 딸아이와 7살짜리 아들을 두고 있습니다. 남편은 행정고시를 본 경제공무원입니다.

　딸아이가 초등학생이라서 일 년에 한두 번은 담임선생님을 찾아뵙는데 선생님들 인품이 좋은 분도 있지만 딸아이가 저만큼 운이 좋지는 않은가 봅니다. 딸아이가 전학한 뒤나 선생님께서 전근을 가신 뒤에까지 편지 쓰고 싶다는 선생님이 아직 없으니 말입니다.

　참, 경인이는 요즘도 서울대병원에서 근무하고 있습니까? 언제 한번 연락해서 만나야겠네요. 선생님 그동안 많이 늙으셨나요? 아이들 편지에 선생님께서 곧 퇴직하신다고 써 있어서 저는 깜짝 놀랐습니다 제가 기억하는 선생님의 얼굴은 뒤로 묶은 긴 머리에 엷은 화장을 하신 화사한 모습인데 벌써 퇴직하실 때가 되었나 싶었습니다.

　하긴 국민학교 1학년이었던 제가 초등학교 5학년 딸의 엄마가 됐으니 세월이 참 많이 흐르기는 했네요.

건강하시죠? 퇴직하시고 나면 서울에 있는 아들딸 집에 자주 오실 테니 꼭 연락 주세요! 제 핸드폰 번호는 ***-***-5182 입니다. 집도 곧 이사를 할 것 같고 회사 사무실에도 제가 앉아있는 시간이 많지 않기 때문에 핸드폰으로 연락하시는 것이 제일 편하실 겁니다. 또 연락드릴게요. 안녕히 계세요.

(참, 제게 편지해 준 아이들에게도 고맙다는 말과 일일이 답장 못해 줘서 미안하다는 말 전해 주세요)

선생님의 영원한 제자

김혜례 올림

수창에서의 당직

출근 시간은 항상 바쁘다. 10분만 당겨 준비해도 그렇게 허둥 대지 않을 것을 타성인가 보다. 특히 일직 날에는 30분 먼저 출 근하여 숙직 선생님과 인수인계를 해야 한다. 우리 집의 아침 시간은 여느 집보다 분주하다. 부부 출근에 5남매 중 세 아이의 등교 준비에 거기에다 오늘은 내가 일직이어서 시어머니의 도 움이 없다면 직장 생활도 할 수 없는 형편이었다. 겨우 8시에 도착하여 숙직과 교대를 했다. 학교를 한 바퀴 순시하고 나니 싸늘한 12월의 이른 아침 시간은 속까지 덜덜 떨리게 했으나 따 뜻한 교무실 무쇠 난로가 온몸을 녹여 주었다.

일지에 이름을 쓰고, 도장 찍고 당직 완장을 둘렀다. 겨울이 긴 하나 영하 5도 이하일 때 교실에 난로를 피운다는 수칙이 있 어 겨울방학 전에 잘 피워야 4, 5일 정도 교실에 불을 피운다. 그래서 미리 두꺼운 내의, 두꺼운 바지, 반코트, 양말 위에 덧버

선 등으로 완전 무장을 하고 다녀야 한다. 그렇게도 채비를 했지만 11월 들어서 발가락은 벌써 동상에 걸려 있는 상태였다.

수창교의 서관 3층이 3학년 교실이다. 마룻바닥은 삐걱거리고 헐렁헐렁하여 조금 세게 힘주어 굴리면 닳아빠진 마룻장이 곧장 쪼개지곤 했었다. 마루에 간 송판은 건조될 대로 건조되어 송판과 송판 사이의 구멍이 꽤나 넓었다. 아이들이 동전도 잘 빠뜨리고, 종이 부스러기, 지우개, 연필 등이 떨어졌다 하면 그리로 잘 빠져들었다. 난로를 피울 때면 무척 조심을 해야 한다. 불똥이라도 튀어 들어가면 상상만 해도 아찔해진다. 수업을 마치고 난 후 오후에도 잡무가 많았다. 금방 해내야 하는 것, 내일까지 제출해야 할 것, 계획서, 보고서, 주안 등등.

4시가 지나서였다.

"일직 선생님은 교무실로 와서 근무해 주세요."라는 방송이 울렸다. 보던 일을 중단하고 교실 뒷정리, 창문 잠그기, 보안 점검 등을 하다 보니 지체가 되었는지 또 방송이 울린다.

"3학년 5반 선생님 교무실이 비었습니다. 속히 교무실로 내려오세요."

나는 3층 건물 계단을 통통거리며 내려와서 본관 쪽으로 달려갔다. 동지가 가까워 오니 해가 무척 짧아졌다. 5시도 덜 되어서 해가 벌써 기울고 어둑어둑해지기 시작했다. 6시까지 교대이니까 두어 시간은 족히 기다려야 한다. 교무실은 우선 난로가 있어서 좋았다. 따뜻한 난로 옆에서 일지를 쓰고 신문과 잡지를 들추다 보니 어언 6시가 가까워졌다. 교대 전 순시를 나섰다. 학교가 크고 넓어 종종 걸음으로 코스를 따라 순찰을 했다. 강당 쪽과 서관 3층 코너를 돌 때는 정말 싫었다. 모퉁이에서 무엇이 툭 튀어 나올 것만 같았다. 숙직 선생님 중에는 칼날 같이 시간을 지키는 분이 있는가 하면 2, 30분 늦게 오시는 분도 계셨다.

그날따라 교대하는 분이 한 20분 늦었다. 청부 아저씨의 "고만 가이소." 하는 소리가 고맙기는 하지만 그래도 정식 교대는 해야지 싶어 기다렸다. 창밖은 컴컴했다. 도심지의 학교였으나 주변 외등은 그렇게 밝지 못했다.

"아이고, 아직까지 기다렸어요, 미안합니다. 어서 가이소."

반가운 숙직 선생님의 목소리를 들으며 후문을 나섰다.

종종 걸음으로 자갈 마당까지 나가 버스를 기다렸다. 35번인가 싱빙구지깅 기는 비스에 홀쩍 온라탔다 그리 복잡하진 않아도 좌석은 없었고 손잡이를 잡고 서 있는 사람도 예닐곱 명은 되었다. 모든 사람들의 눈이 내 쪽으로 쏠렸다. 쳐다보는 얼굴들은 좀 의아하다는 표정 같기도 하고 선망적인 눈초리 같기도 했다. 나는 내가 키가 크고 그런대로 폼이 괜찮았나 보다 싶어 마주치는 눈길들을 무시하고 차창 밖을 내다보며 흔들리는 차에 몸을 맡겼다. 두어 정류장을 지나고 나니 손잡이에 매달린 오른 팔이 조금 불편해서 왼팔과 교대를 했다.

아차! 버스 고리에 왼손을 올리는 순간 노란 바탕에 당직이라고 쓰인 완장이 아직도 둘러져 있지 않은가.

갑자기 얼굴이 뜨끈하고 어쩔 줄 몰랐다. 그도 진한 녹색에 검은 줄무늬가 있는 반코트 소매에 노란색의 완장이었으니 얼마나 강렬하게 남의 눈을 끌었을까? 슬그머니 팔을 내리고 꽂은 핀을 뽑고 완장을 백 속에 눌러 넣었다.

승객들이 왜 그런 눈으로 나를 쳐다보았는가를 그제야 깨닫고 웃음이 나려는 것을 억지로 참고 집까지 왔다.

붕붕이

신애가 어느 날 붕붕이 벌 모양의 브로치를 가지고 왔다.

맨 앞자리에 앉은 신애는 아침부터 그 예쁜 벌을 필통 속에 넣었다. 꺼냈다. 책 위에 놓았다. 내내 만지작거렸다. 얼핏 보아도 참 예쁜 벌이었다. 투명한 두 날개와 불그스름한 몸통, 좀 크기는 해도 어쩌면 꼭 정말 벌 같았다.

"신애야, 그거 공부에 방해 되는구나, 집어 넣어."

나는 늘 학습 장애물을 만지는 아이들에게 하듯이 좀 주의를 주었다. 착한 신애는 밀기를 긴 않시듣고 얼른 보이지 않게 치웠다. 넷째 시간이었다. 신애는 책상 위에 얼굴을 박고 훌쩍훌쩍 울고 있었다. 제 성격처럼 조용히 울고 있는데 무슨 사단이 있는가 보다 싶어

"신애야, 왜 울어? 고개 좀 들어 봐"

슬픔에 가득 찬 얼굴로 어깨를 들추어 가며 우는데 얼굴은 알

롱달롱 얼룩져 있고 연신 두 손으로 눈물을 훔친다.

"내 벌, 엉엉~~~ 없어졌어요, 엉엉…."

그 예쁜 벌이 없어졌단다. 글쎄 조금 전까지도 있었는데

"얘들아, 신애 벌이 없어졌단다. 너희들 좀 찾아 주지 않으련?"

아이들은 여기저기를 들척이면서 살피느라 야단이다. 신애 짝 정애는 무척 영리하고 꾀가 많게 생겼다. 선생님께 적당히 아양도 잘 떨고 인정을 받으려고 학습 결과물 같은 것도 잘 갖다 보인다. 정애도 열심히 찾았다. 벌은 나오지 않았고, 신애는 울고 "왜 그런걸, 가지고 왔니?"

나는 좀 짜증이 나서 다른 아이들도 들으라는 듯이 소리를 지르고 나서 조금 심증이 가는 정애 책가방을 열어 보기로 했다.

"얘들아, 책가방을 모두 열어 봐."

"붕붕이가 날아가다가 누구 책가방 속에 숨었나 봐."

아이들이 모두 책가방을 열었다. "자, 찾아보자" 하면서 나는 이리저리 살피는 척 하다가 정애 가방 속에 손을 쑤욱 넣었다.

"얘들아, 붕붕이가 날아서 이 속에 쏙 들어갔네"

"그것 참, 어느새 날아들어 갔나?"

선생님의 천연스러운 연기에 아이들은 아무도 정애를 의심하지 않았다.

오직 정애와 나만이 아는 사실, 나는 가끔 틈새 시간을 이용

해 아이들에게 동화를 잘 들려준다. 내 연기 아니 구연이 그렇게 좋았던지 아이들은 웃기도 하고 울기도 하고 곧잘 감동을 받았다. 그래서 정애를 위한 훈화로 어떤 동화를 들려 줄 것인지를 잠시 고민해 보면서 약간은 겁에 질린 정애에게 일단 따뜻한 눈길을 보냈다.

도화지와 장날

대구에서 8년 만기를 맞고 경북으로 발령을 받은 것이 1981 년 3월이었다. 발령을 받은 임지는 의성군 사곡면 작승국민학 교였다.

아이들도 5남매나 되고 칠순의 시어머님, 게다가 남편까지 문경으로 발령이 나서 집에는 시어머님과 고 3짜리 맏아이에서 부터 국민학교 3학년 막내를 두고, 부부가 임지로 가게 되었다.

"당신은 그만 사표를 내지?"

하는 남편의 권유가 있었는가 하면

"엄마, 아버지 혼자서 우리 5남매를 어떻게 다 교육시키겠어 요?"

하는 맏딸의 은근한 압력도 있었다. 나는 한참 고민하다가 결 국 할 수 있는 데까지 부딪혀 보자는 내 결단을 따르기로 했다. 의성읍에서 사곡면을 가다가 신감에서 내려 다시 2km 정도의 농로를 걸어 들어가니 아! 여기가 지금부터 내가 근무해야 할 학교란 말인가?

근 24년간을 도시의 큰 학교에만 있다가 산골 학교에 와 보니 정말 이채로운 것이 많았다. 거의 한 학년에 한 클래스씩(4학년은 2학급) 300여 명 남짓한 전교생에 선생님 7분, 교장, 교감 선생님, 청부 한 사람 이렇게 단출한 가족 같은 분위기의 학교였다. 담당 학년은 1학년 42명이었던가. 지금은 도시로 이주하고 폐교 상태의 학교지만 그 당시는 꽤나 많은 재적이었다.

도시 아이들과 크게 다른 것은 모든 아이들이 다 감기에 걸려 있어서 다 콧물을 흘리고 코와 입술 사이에는 뚜렷이 콧물이 흐르는 길이 표시되어 있다는 것이다. 내 딴엔 잘 한다고 입문기 오리엔테이션 기간을 교대부속국민학교와 수창국민학교에서 하던 수준 있는 지도를 하면서 아이들과 친해지고 있었다.

"자, 내일은 그리기를 할 거예요."

"준비물은 도화지와 크레파스입니다."

그때만 해도 알림장은 쓰지 않았고 하교할 때 단단히 귀에 못이 박히도록 자극을 주어 하교를 시켰다.

이튿날 3교시 미술시간이 되었다.

"여러분, 도화지와 크레파스를 내고 바로 앉아요."

그런데 한 사람도 도화지를 책상 위에 내놓는 아이가 없었다. 이게 웬 일인가?

"얘들아, 도화지 내놓아라. 미술시간이다."

아이들은 눈만 껌벅거리며 나를 쳐다보고 있다. 난 좀 화가 나서 하나하나 따져 나갔다.

"너, 왜 도화지 안 가져왔니?"

"우리 아버지가 장날 사 준다 그랬어요."

"울 아부지가 장보고요…."

그다음 그다음 대답도 똑 같았다. 다 장날 사 준단다.

나는 그제야 아차! 닷새에 한 번씩 서는 장에서 닷새 안에 있어야 할 모든 생필품을 구하는 날이구나 하는 것을 깨달았다. 도화지를 몽땅 사서 나누어 주고 싶지만 물론 학교 주변이나 마을에는 문방구도 없었다. 의성 사곡국민학교 분교였으니까 벽지 학교나 마찬가지였다. 그 지역의 현실을 잘 몰랐던 나의 큰 실수였다. 그곳이 고향인 이 선생님께서 장 전날 준비물을 예고하라고 하셨다.

5월이 되어 신록이 우거질 무렵, 어느 장 전날이었다.

"얘들아, 모레는 소풍을 가기로 했단다."

"야! 와!"

너무나 즐거워서 비명을 지르는 아이들을 하교 시키면서 도화지를 못 가져와 기가 죽었던 우리 반 아이들의 모습들을 떠올려 보며 소리 없는 웃음을 지어보기도 했다.

김 주사와 김 장학사

의성 작승국민학교에 부임을 하고 나니 너무나 가족적인 분위기이고 교장 선생님, 교감 선생님도 권위 의식을 버리고 한 교육 동료로서 너무나 거리감이 없게 잘 대해 주었다. 직원이래야 교장, 교감 선생님과 일곱 분 선생님, 그리고 청부 한 사람 그렇게 딱 10명이었다. 선생님들은 그곳과 연고가 있는 분이 두어 분 계셨으나 그 면 사람이었고 그 동네 사람은 아니었다.

모두 타향 사람들이 모인 직원 조직이었으나 단 한 사람 청부 심 주사만이 토박이 그 ㅎㅎ 동민이었다. 항상 새안경을 끼고 떡 벌어진 어깨에 키가 크고 건장한 체구였다. 50대 초반이었으나 힘깨나 쓰고 학교의 모든 일을 척척 잘 해냈다.

3월 초 부임을 하고서도 날씨가 꽤나 쌀쌀하여 교무실만은 난로를 피우고 있었다. 열악하고 추운 교실에서 한 시간 수업을 마치고 나면 일곱 선생님은 쏜살같이 교무실로 건너온다. 난로를 둘러싸고 한창 이야기꽃을 피우고 있노라면 어느새 10분이라는 휴식시간이 휙 지나기 마련이다.

"예주룩 아들은 안 갈채고 불만 쬐면 어채노?"

벼락같은 고함 소리에 선생님들은 뿔뿔이 흩어져 교실로 들어간다.

나는 처음에 참 놀랐다. 교장, 교감 선생님보다 더 두렵게 여기는 사람이 김 주사였다. 김 주사는 동네에서나 학교에서 거칠 것이 없었다. 그 큰 목소리 하나가 여러 사람을 꼼짝 못 하게 만들었다. 선생님들은 모여 있다가 김 주사가 얼찐거리면

"저어기 김 장학사님이 온다."

하곤 곧장 제 위치로 돌아가곤 하였다.

어느 토요일 오전 수업을 마치고 전교생이 자연보호 활동을 하였다.

교무주임이 각 학년마다 활동할 구역을 정해주고 분리수거할 폐품들을 쓰레기장에 버리지 말고 쓰레기장 앞에 별도로 모으라고 하였다. 모든 아이들이 고사리 같은 손으로 비닐, 유리조각, 찌그러진 캔들을 주워 쓰레기장 앞에 모았다.

"애, 손 다치겠다. 유리 조각은 이쪽으로…."

하면서 지도를 하고 있는데 날벼락 같은 김 주사의 목소리가 터져 나왔다.

"웬 찌끄레기를 든 손에 쓰레기통에 안 넣고 거기다 모둣노?"

"선생이란 것들이 대거빠리가 그렇게 안 돌아가나?"

나는 기가 막히고 살이 떨리는 것 같은 분노를 느꼈다. 40평생에 처음 들어보는 너무나 치욕스러운 말들이었다.

"교무주임이 여기 모으라고 했는데요."

나는 잦아드는 목소리로 대항했다.

"교무는 지가 치우나 내가 다 치워야 되는데."

학교 계획이고 자연보호고 도대체 그에게는 먹혀 들어가지 않는 것들이었다. 그는 항상 자기주장이 옳고 어른이 시키는 대로 하라고 했다. 나는 너무 분해서 교무주임께 이런 일이 어디 있느냐고 교무주임이 하라고 지시한 대로 했는데 이 무슨 날벼락이냐고 따지니

"거 김 주사는 면장도 못 당하는 사람인데 그런 줄이나 아소."

내 편을 들어 주기는커녕 흐지부지 그냥 넘어 가자는 주의였나. 나는 그 후 한 일구일긴은 눈이 풀리기 앉아 잠이 안 왔다. 이때까지 근무한 다른 학교에 있을 때에는 이런 일을 본 적이 없었다. 청부가 교사를 나무라고 소리 지르는 것이 보통인 이런 학교를 보고 이것을 어디에다 호소를 할꼬? 하면서 가슴에 상처를 안고 있었다.

나중에 알고 보니 김 주사는 6·25 당시 중부 전선에서 한쪽

눈을 잃은 상이용사 출신이었다. 항상 짙은 색의 선글라스를 끼고 있어서 멋으로 그러는가 싶었더니 의안을 넣은 한 쪽 눈을 가리기 위한 것이었다. 성격도 우람한데다가 그런 상처를 가지고 있으니 세상에 무서울 것이 없는 사람이었다.

콩나물시루 교실

2년간의 의성군 근무를 마치고 1983년에 대구광역시로 다시 발령을 받았다. 시 도간 교류의 인사원칙이 바뀌고 나니 영영 대구시에는 못 들어오지 싶었는데 부부 교육 공무원에 해당되어 들어오게 되었다. 당시 남편은 경북 교육청에 근무를 하고 있었다. 발령을 받은 학교는 달서구 죽전동의 죽전국민학교였다. 신설 학교라 운동장은 정리가 되지 않아 울퉁불퉁하고 교실은 시멘트 냄새와 락카 냄새가 풍기고 있었으나 깨끗하고 아담한 학교였다. 청소도 히어가리로 된 이중 창문이어서 3월 초 싸늘한 날씨임에도 정남향 교실은 따뜻하고 포근했다.

16학급으로 출발한 학교에서 나는 3학년을 담임했다.

한 달, 두 달, 석 달을 지나고 나니 주변에 세워진 아파트에 입주민들이 이사를 오기 시작했다 전입생이 줄줄이 이어 들어와 50여 명에서 출발한 학급 재적이 뻥튀기 한 것처럼 89명이 되었다. 교실의 책상은 5개씩 9줄로 놓아 칠판 바로 앞에서 저 뒤쪽 게시판까지 가득 차게 되었다. 그야말로 콩나물시루 같았다.

학급경영록, 출석부 모두 다 부전지를 붙여서 전출, 전입을 정리한 번호가 백십 몇 번까지 나갔었다. 재적은 드디어 90명이 되었다. 삼복더위가 시작되니 교실은 그야말로 후끈 단 난로 같았다.

복도를 통행할 때 앞 뒤 출입문 쪽을 지나치려면 교실에서부터 풍겨나오는 열기가 찜통에서 나오는 증기 같았다. 선생님마다 이구동성으로 정말 죽겠다고 한다. 그러나 교장 선생님께서 뒤쪽에 신축하고 있는 교실이 완공되면 학급을 증설할 테니까 그저 참고 아이들을 다치지 않게 잘 지도해 주시기를 바란다고 하셨다. 그래도 신설학교라서 깨끗이 정리하여 락카 칠을 한 윤기 나는 마룻바닥에 새 책상과 걸상이 놓인 교실의 기본 환경은 깨끗하고 참 좋았다.

2학기가 되고 찬바람이 불기 시작하자 창문을 닫고 수업을 하게 되었다. 드디어 초겨울이 되어 아이들은 웬 옷들이 그렇게 두툼한지 갑자기 그 많은 재적에 반코트, 파카, 점퍼 등을 걸치고 설치니 교실이 더 복잡할 수밖에 없다. 거기다 부모님들이 3, 4년 뒤까지 입힐 것을 계산하고 사이즈가 넉넉한 옷을 사 입혀 놓으니 수용 밀도가 더 높아진 것 같다. 한 두어 시간을 하고 나면 교실 구석구석에 솜덩이 같은 먼지들이 이리저리 굴러다녔고 게시판에 붙여놓은 작품들은 비집고 다니는 아이들의 옷에 스쳐 펄럭거리기가 일쑤였다. 정규 수업을 마치고 청소까지 끝나고 나면 무슨 전쟁을 치른 뒤처럼 목은 칼칼하고 몸은 피곤하기 그지없었다. 그러나 조용한 교실에서 해바라기를 하며 잔잔한 잡무를 보고 있노라면 '참으로 평화스럽구나!' 하는 생각으로 몇 시간 전까지 있었던 힘들고 어려웠던 전쟁은 다 잊어버리고 또 닥칠 내일을 즐거운 맘으로 기대하곤 했었다.

도희의 숙제

도희는 용모가 깔끔하면서도 생각이 깊은 어린이였다. 교사의 말을 아주 주의 깊게 잘 들었으며 감동적인 이야기에는 곧장 눈시울을 붉히고 그의 여린 마음씨를 잘 내보였다. 글씨는 또 얼마나 잘 쓰는지 공책에 처음 시작한 글자와 끝장의 마지막 글자가 흐트러짐 없이 한결 같았다.

어느 날 성경 이야기 중에서 요셉 이야기를 들려주었더니 모든 아이들이 잘 들었다. 요셉 이야기가 길기 때문에 토막토막 끊어서 "오늘은 여기까지 나머지는 다음에 해 줄게" 했더니 아이들이 모두

"어어엉~ 계속해 주세요." 하면서 한 토막이 끝날 때마다 몸을 좌우로 흔들면서 졸랐다. 얼마 후에 만난 도희 어머니께서 아이가 너무 그 이야기를 읽고 싶다고 해서 성경 이야기책을 사 주었더니 그것을 다 읽었다고 했다.

비록 1학년이었지만 참 수준이 높고 인내심이 많은 아이였다. 교사가 숙제를 내주지 않아도 스스로 학습을 잘 할 어린이였지만 그래도 4교시를 마치고 가정 연락부를 쓸 때면 가정에서 약 2, 30분이면 다 할 수 있는 정도의 과제를 내어준다. 그러면 두 서넛 아이들 빼고는 착실히 잘 해 왔다.

숙제를 검사할 때면 아이들은 쭉 한 줄로 서서 키득거리며 재잘거리며 서로 왜 밀었느냐? 눈도 흘기고 주먹들이 머리 위까지 올라가는 등, 이 와중에 도희는 땀방울만 소롱소롱 매단 채 이리 밀리고 저리 밀린 다음 자기 차례에 다다랐다.

그날의 숙제는 산수였다. 잘 쓰는 글씨로 공책 1권을 다 메울 정도로 쓰여 있어서 나는 깜짝 놀랐다. 애를 잡았구나! 라는 생각이 들었다. 그날 숙제는 1학기는 다 마쳐가고 날씨도 덥고 해서 정말 기초적인 1~50까지의 수를 한 번 써 오도록 한 것이었는데 도희는 가정 연락부에 1~50쪽까지 1번 쓰기로 적혀있었다. 밤 11시까지 썼는데도 턱 없이 많이 남아서 졸리기도 하고 싫증도 나고 얼마나 괴로웠겠는가.

"애가 웬 숙제가 그렇게 많으냐?" 하시면서 할아버지가 옆에 앉아서 싫증을 내면 돈을 100원씩 주고 또 싫증내면 100원 주고 "거참 너 선생님이 왜 이렇게 숙제를 많이 냈을꼬." 하시면서도 손녀 옆에서 다독거리며 끝까지 보살펴 주셨다고 했다.

그 이야기를 들은 나는 얼마나 부끄러웠는지 몰랐다. 도희 할아버지는 당시 시내 어느 국민학교 교장 선생님이셨다. 학습지

도면, 평가면 등에 권위가 있으시고 교육이론, 교육철학이 뚜렷한 고매하신 분이셨다. 그 무모한 과제 제시에 대해서 얼마든지 담임선생을 비난할 수도 있었지만 아이가 싫증내면 점잖게 타이르시고 담임선생의 권위를 끝까지 세워주신 점, 역시 존경 받으실 분이었다.

나중에 알림장을 잘못 쓴 것을 알긴 했지만 과제 제시 내용이 1~50까지 1번 쓰기로 너무나 단조로운 과제를 제시했던 내가 교장 선생님 뵙기에 너무나 부끄러웠다.

짝

남아 선호 사상이 짙은 우리나라에서는 아직도 아들을 낳았다 하면 기뻐들 한다. 인구 문제로 많이 낳지 못하는 요즈음 하나 아니면 둘인데 이상하게도 남녀 성비가 깨지고 있다,

올해 담당한 2학년 2반 어린이도 남자 25명에 여자 19명이었다. 우리 반만 그런 것이 아니고 타 학반도 다 이와 비슷한 비율이다. 학년 초에 짝을 맞추어 좌석을 배정하고 나니 남자 6명은 짝이 없어서 남자끼리 앉게 되었다.

처음에는 여자하고 짝이 아니고 남자끼리 짝이라면서 모두 무슨 영웅 같이 좋아라고 떠들더니만 얼마 안 되어 어머니들이 우리 아이는 여자 짝이 아니라고 집에 와서 불만을 터뜨린다고 했다. 그러면서 "선생님, 우리 아이는 성격도… 이니, 착한 여학생과 짝을 지어 주세요."라고 했다. 어쩌랴 절대수가 모자라니 좌석을 정한 지 얼마 안 되어 또 짝을 바꾸어 달라고 성화하

는 아이들이 참 많다. 심지어는 학모들까지 우리 아이 짝을 좀 바꾸어 달라고 할 때가 한두 번이 아니었다. 그래도 나는 별 결격 사항이 없는 한 바꾸지 않는 것을 원칙으로 하고 있었다.

"얘들아 너희들 한 번 정한 짝을 자꾸 바꾸지 말고 서로 도와가며 오래오래 사이좋게 지내라. 1학기 끝나면 2학기 때 다시 바꾸어 줄께"

나는 이 아이들의 짝을 정해 주고 난 뒤 한 학기 동안 관찰하면서 참 재미있는 현상들을 발견한다. 이 아이들의 세계를 어른들의 세계에 연관시켜 나 혼자 분석해 보면서 가끔 웃기도 하고 인간의 삶을 작은 어린이들 세계에서 찾아보기도 한다.

사이좋게 지내는 형, 양보하는 형, 서로 협동하는 형, 책상의 반을 줄로 그어 영역을 정하는 형, 여자가 서서 남자가 지는 형, 교사 앞에선 둘 다 착한 듯하나 책상 밑에서 발길로 다투는 겉 다르고 속 다른 형, 짓궂은 형, 심술궂은 형, 잘 다투고 싸우는 형, 등.

하나 아니면 둘을 잘 길러서 교육시키고 취업시키고 결혼시키는데 이혼율이 점점 높아지는 우리나라의 현실을 보면서 짝은 잘 만나야 한다는 것을 느껴 본다.

현장학습 준비물

요즈음 아이들은 학교 올 때마다 준비물을 챙기느라 아침 시간이 좀 분주하다. 알림장에 쓰인 대로 물감, 붓, 물통, 폐휴지, 저금, 색연필…"

벌써 3년째인가 학교에서 소모되는 일회용 준비물인 도화지, 색종이, 찰흙, 색한지 등등 50여 가지도 넘는 준비물을 필요에 따라 한 달 소모량을 교육과정에 맞추어 미리 청구해서 준비해 두기 때문에 집에서 가져오는 준비물은 한결 줄었다. 학부모편에서 보았을 때는 너무도 고마운 일일 것 같다.

어떤 때는 구입할 수 없는 가정에 있는 폐품이나 근처에서 손쉽게 수집할 수 있는 물건들을 알림장에 써 주고 나면 그 이튿날은 기가 막히는 현상이 일어난다.

꾸미기의 오려 붙이기에 다양한 재료를 사용하여 붙이기 위해 여러 가지 헝겊(천 조각), 여러 가지 단추나 털실 동강 뭐 이렇게 써 주고 나서 좀 융통성 있게 없는 것은 두고 있는 것만 좀 챙겨 오라고 해도 막무가내로 엄청난 생돈을 들여 먼 거리까지 가서 기어이 다 구해 주는 학부모들이 많다.

헝겊은 아주 포목점에 가서 여러 가지 색상으로 끊어 오고, 단추도 사오고 털실도 타래로 사오고 해서, 물론 1학년이어서 교사의 말을 곧이곧대로 듣거나 하나라도 빠지면 큰일이다 싶었을 것이다. 아이는 졸랐을 것이고, 또 학부모 역시 그들이 다니던 세대에 못했던 것을 내 아이에게는 다 해 주어야지 하는 생각이 들기에 힘들어도 준비해 보냈을 것이다. 그런 와중에 교사를 얼마나 나무랐겠나 싶기도 했다.

어느 날 학부모님들 모임에서 구체적인 설명을 했다.

"헝겊을 왜 새 천으로 사 보냅니까? 요즈음 얼마나 헌 옷이 많습니까? 버리는 옷, 작은 옷, 떨어진 옷을 가위로 조금씩 오려서 준비하고, 달려 있는 단추도 떼고 헌 털실, 헌 잡지책, 사진 등 다 돈 안 드리고 할 수 있잖아요?"

했더니 참 그렇구나 하고 수긍을 하는 학모가 있는가 하면 무조건 새 것을 사 줘야지 헌 것은 절대로 가져가지 않으려 하는 아이가 있다고 했다. 헌 것을 가져가면 아이들이 놀린다나! 하여튼 자식 이기는 부모 없다고 조그만 1학년짜리 등쌀에 어머니들은 준비물을 곧이곧대로 마련해 주느라고 무척 애를 먹는 것 같았다.

어느 날 알림장에 현장학습, 교통비 3,000원이라고 적은 날이 있었다. 일단 버스를 대절했으니 교통비부터 받아서 행정실에 내고 그 다음날 체험 학습을 나가게 된다.

"얘들아, 내일은 차비만 가져 오고 모레가 현장 학습이다. 알았지?"

4교시를 마치고 알림장을 쓸 때 아이들의 마음은 들뜬다. 얼른 교실을 벗어나고 싶기 때문이다. 벌써 가방을 둘러맨 아이가 있는가 하면 아직도 쓰는 아이, 가방을 급하게 챙기는 아이, 웬 책과 학용품의 종류가 그렇게 많은지 온종일 책을 들추고 찾는 데만도 상당한 시간이 소모된다.

교과서와 준비물을 챙겨 오는 것은 어느 날이나 재적 전원이 완전히 갖추어 오는 날이 거의 없다. 그도 늘상 갖추지 않아 한 사나흘 꾸중을 듣는 어린이가 있는가 하면 잘 챙겨오다가 어쩌다 한 번 빠져 쩔쩔매는 어린이도 있다. 일단 지도자의 입장에서는 스스로 잘 챙겨 올 수 있는 교육적인 지도를 하지 않을 수 없다.

이튿날 수업을 시작했는데 '국, 수, 슬, 즐'이었다. 국어 수업 중 준호는 내내 고개를 숙이고 있었다.

"준호야, 뭐 하니? 책 봐라."

했더니 옆에 있는 짝이

"준호 오늘 읽기책 안 가져 왔어요!" 라고 했다.

흔히 있는 일이라서, 옆의 짝꿍과 책을 같이 보라고 했다. 둘째 시간 수학 시간이 되었을 때도 처음에는 몰랐는데 나중에 문제 푼 것을 확인하려고 하니 책이 없어서 못 했다고 했다.

"얘야, 두 권씩이나 빠뜨리고 오다니 잘 좀 챙겨 오너라."

나도 모르게 언성이 좀 높았다. 셋째 시간이 되니 아예 준호는 고개를 푹 숙이고 있었다. 원래 얼굴이 희고 상냥하며 곧잘 눈웃음을 쳐서 귀염성이 있는 어린이였다.

"준호야, 뭐 하니, 고개 들어."

선생님의 주의에 겁먹은 얼굴로 고개를 들었다.

"준호, 슬기로운 생활도 안 가져 왔어예."

짝꿍이 신이 나서 일러바친다. 그제야 나는 가까이 다가가면서 "도대체 무슨 책을 그렇게 바꾸어 가지고 와서 하나도 안 맞느냐? 어디 선생님이 책가방 한번 보자."

했더니 준호가 질색을 하고 책가방을 움켜쥔다.

나는 뺏다시피 해서 책가방을 열어 보았더니 아니나 다를까 그 속에는 도시락, 빵, 캔, 과자봉지 등이 들어 있었다. 준호는 얼굴이 새빨개지며 죽을상이다.

준호는 현장학습비 3,000원과 함께 현장학습 준비물을 챙겨 온 것이다. 얼마나 즐거운 마음으로 등교를 했을까?

그러나 매 시간마다 책이 없는 괴로움에 얼마나 가슴 조이며 겁을 먹었을까?

"아이고, 준호야! 오늘이 현장학습날인 줄 알았구나!"

날벼락이 내릴 줄 알았는데 푹 누그러진 선생님의 목소리를 들으니 안심이 되는지 살며시 고개를 든다. 아이들이 모두 '아하하' 하고 웃으니 더 자존심이 상하는지 기가 죽는다.

"얘, 너희들은 뭘 잊고 잘못 가져올 때가 없나?"

선생님의 이 한마디에 준호는 마음이 다소 안돈된 것 같았다.

동 학년 시리즈

동 학년 협의회 날이었다. 매주 금요일 4시, 은근히 기다려지는 날이기도 하다. 동 학년 선생님이 오붓이 모일 수 있고, 누구의 눈치도 볼 필요 없이 부담 없는 교육적인 발언을 할 수도 있고, 또 한잔의 커피나, 떡볶이에서부터 뻥튀기 과자까지 체면치레 없이 먹을 수 있는 먹거리가 있어서 좋았다.

교재 진도 맞추기, 자료 활용, 합동체육, 생활지도 등등을 협의하고 나서 항상 푸근하고 사람 좋은 류 선생님이 오늘도 시리즈 한 방을 터뜨렸다.

"아, 내 문경 있을 때 장학사가 갑자기 나온다 케서 이거 학습 준비는 안 됐지, 자료도 없지, 교실 환경도 그렇고, 에라 모르겠다. 아이들 데리고 현장학습을 나가기로 했지"

그때 3학년 담임이었는데 자연과의 배추흰나비를 배울 때였다고 한다. 아이들은 자연 교과서를 들고 좋아라 하면서 운동장으로 나왔다나.

"얘들아 오늘은 배추흰나비를 관찰하러 배추밭에 간다."

줄을 지어서 출발을 하려고 하니 아니나 다를까 장학사 님이 교감 선생님을 대동하고 따라 나오시더라나 '아차, 가슴이 덜컹했지만' 아무렴 현장까지야 오겠나 싶었는데…

"야, 그거 참 기가 막히더라! 할 수 없이 아이들을 데리고 교문을 나섰지."

한참을 가다가 뒤를 돌아다보니 장학사 님이 교감 선생님과 무슨 이야기를 주고받으며 여전히 따라와서 등에 식은땀이 다 났다고 한다. 그런데 가도 가도 배추밭이 안 나타나더라나 그때가 봄배추는 다 끝나 갈아엎은 다음이라 나타날 리가 없었다고 한다. 엉겁결에 나가면 있겠지 하고 사전 답사도 없이 나왔기 때문에 '아차' 싶었다고 했다. 우리 동 학년 선생님들은 배꼽을 쥐고 웃었다. 얼마나 웃었는지 눈물이 다 날 지경이었다. 그런데 그것이 3교시부터였으니까 이 밭둑 길 저 논둑길을 헤매다 보니 어언 점심시간이 다 되어 그제야 장학사님이 포기하고 돌이셨다고 했다.

"야, 진짜 땀 뺐다."

사람 좋은 류 선생님의 그 순박한 제스처와 실감나는 바리톤 목소리가 좌중을 한바탕 웃겼다. 아이들을 인솔해서 학교로 돌아오자 인사를 많이 들었다고 했다. 3교시와 4교시에 교실 방문을 받아야 할 선생님들은 '참 고맙다', '선생님 때문에 우리 모두 살았다.'고 하면서 사실 그때 장학사 님은 왜 그렇게 무서웠는지 장학지도를 나온다 하면 청소부터 시작해서 교재연구, 환경정리, 학습 준비물 등 어구구 생각만 해도… .

"우리는 당연 동 학년 시리즈 NO.1이다."

하며 그날 동 학년 회의는 배추밭 사건으로 마무리를 했다.

그 당시 남편은 경상북도 교육위원회에 근무를 하고 있었다. 음악과 담당 장학사였다. 장학지도를 나가면 주로 경북에 있는 고등학교를 대상으로 장학지도를 하는데 중고등이 따로 떨어져 있는 학교도 있는가 하면 한 울타리 안에 있는 학교도 있었다. 어느 날 초전중학교에 교사로 있는 동서가 날 보고

"형님, 우리 친구가 그러는데요. 그 학교 음악 선생님이 '나는 인제 죽었다.' 하면서 펄쩍펄쩍 뛰더라고 해요."

"왜 그러는데" 내가 반문하니까

"글쎄 아주버님이 예고 없이 수업을 참관하러 들어 오셔서 한참을 계셨대요."

그 여선생님이 얼마나 놀랐겠나. 예고도 없이 들어갔으니 그 소리를 들은 날, 난 남편을 보고

"당신이 왜 중학교 음악 수업에 불쑥 들어갔어요? 그 여선생님이 나는 죽었다 하면서 펄쩍펄쩍 뛰더라네요."

"허허, 내가 사람을 잡아먹나?"

남편은 중학교의 음악 수업이 한 번 보고 싶어서 한 울타리

안에 있는 학교라 교정을 거닐다 참관해 보았다고 했다.

"뭐, 수업을 잘 하던데…"

자기는 편안한 마음으로 봤지만 그 여선생님은 얼마나 놀라고 간을 졸였겠나?

망치

어느 날 수업 중에 앞문이 드르르 열리더니만 키가 크고 눈이 부리부리한 학부형 한 분이 교실로 성큼 들어섰다. 그 손에는 제법 큰 망치가 들려 있었고 급히 달려 왔는지 약간 헉헉거리는 숨소리도 들렸다.

아차!

2학년 모 반에도 체벌 때문에 담임을 고소하겠다고 며칠 째 윽박지르는 학부형이 있고 또 모 학년에서도 체벌로 인한 상처를 사진 찍어 담임과 학교장에게 협박하고 있는 중인데. 드디어 우리 반에서도 뭔가 터졌구나! 순간적으로 두 사건이 뇌리를 스치면서 가슴이 철렁했다.

"누, 누구세요?"

그 분도 조용한 첫 교시 수업시간에 난데없이 뛰어 들어 자기에게로 쏠리는 모든 시선들을 느끼며, 좀 잘못되었구나 싶은 생

각이 들었던지

"선생님, 아, 이거 죄송합니다. 저, 경희 아버지입니다."

망치를 든 서슬 퍼런 외모와는 달리 말씨는 공손하고 순진하고 큰 눈망울이 선하게 보였다. 딱 닮았구나! 부모가 와서 '누구 어머니예요.' 하기 전에 '누구와 닮았구나!' 하는 느낌이 여러 번 적중한 적이 있었다.

경희, 그 아이는 정말 착하고 순진했다. 1학년 교사의 입장으로선 벌써 1학년 과정을 거치다시피 하고 들어와 설치는 아이들 보다는 백지상태에서 하나하나 터득해 나가는 경희 같은 어린이들의 흥미로운 눈망울들이 훨씬 귀엽고 보람있었다.

경희는 얼마나 그 눈빛이 신기함과 경이로운 것으로 가득 차 있는지….

그리고 그 눈 속은 항상 수분으로 가득 차 있는 듯한 느낌이고 눈만 껌벅하면 눈물이 뚝 떨어질 것 같기도 했다. 수업 분위기가 시끌벅적해지기 시작하면 나는 곧장 "얘들아, 경희 좀 봐라. 얼마나 착한지 몰라 선생님을 잘 쳐다보거든."

모든 필씨의 모든 규치을 곧이곧대로 잘 지키는 경희는 항상 선생님의 칭찬 속에서 자랐지만 한편 얼마나 피곤하고 고달팠으랴 싶기도 했다.

망치는 왜 가지고 오셨느냐고 물으려는데

"애가 양말을 매일 한 켤레씩 떨자서 의자에 나온 못을 좀 박으러 왔습니다."

순간 나는 얼마나 부끄러웠는지 몰랐다. 걸상에 못이 조금 솟아 있었는데 타이즈가 걸려 터지기 딱 알맞았다. 늘 같은 부분에 손상을 입고 오는 딸을 보다 못해 오늘은 망치를 들고 못을 박으러 오신 것이다.

입학한 지 두어 달 정도 밖에 안 되었지만 아이도 너무나 순진하고 겁이 많아 선생님께 말씀을 못 드렸다고 한다.

나는 그날 아이들을 하교시킨 후 망치를 들고 책걸상을 탕탕 두드리며 솟아나온 못이 또 어디 있지나 않은지 하나하나 점검했다. 교사의 손길이 조금만 가면 될 것인데 거기까지 못미쳤던 것이 학부모 보기에 무척 미안했다.

제2부 가정 생활

울 엄마!

1945년 여름, 아예 공부는 집어치우고 오늘도 안또바시(안동교 건너편 산)로 솔방울을 따러 간다. 고꾸민각교 이찌낸세이(국민학교 1학년)노래를 부르며 낙동강 인도교를 줄지어 건너갔다.

2차 대전 막바지라 상급 학년은 관솔(송진)을 따고 1학년은 솔방울을 따든지 주워야 했다. 여덟 살짜리가 어떻게 하겠는가? 낮은 소나무에 달린 것은 벌써 재빠른 손들이 따 갔고 높은 소나무는 오르시 못해 흔들 있다. 밀어진 솔방울으 가기도 히고 썩은 것이기도 했다.

울 엄마가 준 사과 바구니에 넣으면 구멍이 커서 빠져 나가고 한나절 주운 것이 바구니 밑바닥에 깔릴 듯 말 듯했다.

점심시간이었다. 엄마가 보자기에 싸준 김밥(주먹밥)을 동그라니 작은 소나무에 달아 놓았는데 아무리 찾아도 없다. 그 나무가 그 나무 같고, 도무지 찾을 수가 없었다.

울 엄마는 내가 무엇이든지 잘 잃어버린다고 벤또(도시락 통)에 넣지 않고 그냥 달랑 보자기에 싸 주어서 친구들 보기에 늘 부끄러웠다.

아이들은 즐겁게 점심을 먹는데 나는 그만 으앙~ 하고 울어 버렸다.

"내 김밥 없다. 앙, 앙~"

"애, 애, 저거 니 꺼 잖아?"

바로 앞의 소나무에 달랑 달려 있는 김밥 보자기!

왜 그렇게 찾아도 안 보였던가? 나는 왜 바보 같았던가?

그땐 그랬지.

하교 길

노곤한 7월, 뙤약볕 아래
데사게(책가방)를 흔들며 걸어갔다.

빨리 집에 가야지 기운도 없고
어! 도랑이다. 펄쩍 뛰어 건넜다.

아차! 게다(나무신발) 끈이 툭 끊어졌다.
성한 신발 에다 떨어긴 끈 을 께서 흔든고 갔다.

맨발로 걸어갔다.
발바닥이 따끔따끔했다.

그땐 그랬지

외할아버지 김원휘 목사

외할아버지가 오시는 날은
즐거웠다. 왜?

엄마가 소고기국을 끓이고
김을 굽고 계란을 찌고

외할아버지의 모습은 자랑스러웠다. 왜?
멋진 수염과 검은 망토, 그리고 스틱.

외할아버지가 설교를 하실 땐
나는 그냥 좋아서 "우리 외할아버지야"

묻지도 않은 친구 보고 자랑했다.

그땐 그랬지

외할아버지께서는 1921년에 평양신학을 졸업하시고 경북 노회에서 목사 안수를 받으셨다. 3.1운동 때에는 의성 지방 거사 주동 인물로 검거되어 1년 6개월간 옥살이를 하셨다

대구 제일교회와의 인연은 50주년(희년)기념비 비문을 지어 주셔서 그 기념비가 지금 약전 골목 구 예배당 오른쪽에 세워져 있다.(근거: 대구제일교회 110년사 303페이지)

외할아버지는 그 시대에 남존여비사상을 깨우치려고 '조선의 여성들이여 일어나라' 라는 구호를 외치시며 여성들에게도 교육을 시켜야 한다고 주장하신 분이시다.

6·25 전쟁 때 할머니는 13살

　6·25를 모르는 병준, 예준, 예린, 예원, 아림, 유진, 소은, 민우, 지현, 영현, 나현, 내 사랑하는 손주들아! 들어 보아라.

　1950년 6월 27일 서울로 북한 공산군이 쳐들어온 지 얼마 되지 않아 드디어 할머니가 사는 안동까지 공산군이 쳐들어오게 되었다. 5남매의 맏이였던 나는 4살 난 동생을 업고 아버지는 이불 봇짐을 짊어지시고 어머니는 한 살짜리 여동생을 업고 머리에 살림도구를 이고 온 식구가 허겁지겁 남쪽을 향하여 걸어 갔다. 아니 도망을 갔다. 11살짜리 남동생, 8살짜리 남동생은 먹을거리(보리쌀)를 동그마니 등에 지고 일곱 식구는 등 뒤로 들리는 포탄 소리와 따콩 총소리를 들으며 숨을 헐떡이며 산비탈을 오를 때는 공포와 숨가쁨 때문에 정말 죽을 것만 같았단다.

　헐떡이며 산을 넘으니 조그만 시골 마을이 나타나더구나. 총소리도 좀 뜸해지고 너무나 피곤해서 산비탈 아래에 있는 오두

막집으로 내려가 들여다보니 사람들은 다 피란을 가고 텅 빈집이었다. 마당의 평상에는 큰 콩(양대)을 삶아서 널어놓고 마당은 깨끗이 청소가 되어 있었다. 처마에 우선 앉아 한숨을 돌리니 죽 함께 오던 일행 중 한 사람이 "여긴 위험하니 뒷골짜기에 가서 피하는 것이 좋겠다." 해서 우리 일곱 식구는 물이 없는 작은 도랑에 가서 이불을 뒤집어썼다. 대포가 날아와서 터지면 파편이 멀리까지 튀기 때문에 솜이불을 덮으면 포탄 파편을 피할 수 있다고 했다. 아니나 다를까 저 멀리서 '쿵~' 하고 대포 소리가 들리더니만 우리들의 머리 위로 '쌔앵~' 하고 쇳소리를 내며 포탄이 날아가는 것을 느낄 수 있었다. 아이고, 난 겁이 나서 우선 솜이불을 뒤집어썼다. 또 저 멀리서 '쿵~' 하는 소리가 들렸다. 나는 순간적으로 이 포탄도 틀림없이 우리들 머리 위로 지나갈 것을 예감했는데 아까보다 좀 더 강한 쇳소리가 우리들 위를 지나가서 어딘가 '쿵' 하고 떨어지는 소리가 들렸다.

몇 번이나 대포 소리가 점점 커지더니 우리가 대피해 있는 장소에서 아주 가까운 거리에 포탄이 떨어졌다. 나는 전율을 느꼈다. 다음번은 틀림없이 우리 모두를 휩쓸 것이다 "아버지 여기는 안전하지 못해요. 다른 곳으로 가야 할 것 같아요." 내가 일어서서 발을 동동 굴렀다. 열세 살의 소녀는 공포에 떨면서 애원하듯 아버지를 쳐다보았다. 얼굴이 사색이 된 아버지는 어떤 판단도 내리지 못하고 이불을 덮고 엎드리라고 고함을 치셨다. '쾅' 하는 대포 소리는 점점 멀어져 가는 것 같은데 '쎄 쎄 쎄 쎄' 하는 귀청을 울리는 큰 소리가 나더니만 드디어 '쾅' 하고 고막이 터져 나가는 듯한 소리가 나면서 '아, 나는 죽었구나! 엄마, 하나님!'

그런데 얼마나 지났을까? 나는 죽지 않은 것 같아서 이불을 살며시 들치고 얼굴을 내밀었더니 한 10m 거리에 있는 감나무 밭에 연기와 먼지가 자욱한데 거기에 메어둔 소 두 마리가 뿌연 연막 속에서 꼬리를 치고 있는 모습이 눈에 들어 왔단다. 여기 저기서 사람 소리가 나면서 혼비백산한 사람들이

"아이고, 저 소가 어째 안 죽었을까?"

하면서 봇짐을 지고 일어서기도 하고 도망을 치기도 하는데 아버지께서는 침착하셨다. 차근히 짐을 챙기시면서

"너희들 이 이불 위를 좀 봐라."

거기에는 크고 작은 쇳조각들이 푸른 나뭇잎과 섞여서 여기 저기 너부러져 있었다.

이제 대포 소리는 멎었다. 그러는 동안 날이 어둑어둑해져서 앞이 잘 안 보이는데 우리 식구는 다시 업고, 지고, 이고 발걸음을 빨리하여 아버지가 이끄는 대로 따라갔다.

갑자기 앞에 강이 나타났는데 낙동강 지류가 아닌가 싶었다. 깊이를 가늠할 수 없는데 아버지께서 바지를 무릎 위까지 걷으시고 물에 먼저 들어서셨다. 나는 겁이 나서 아직 강가에 서 있는데 갑자기 총소리가 나면서 어둑한 강 위로 작은 불덩어리가 여기저기 막 날아다니는 것이 아니겠는가!

아버지께서 이불 봇짐을 짊어진 채로 강에 첨벙하고 넘어지셨다.

"앗! 아버지~~~"

나는 우리 아버지께서 총을 맞으신 줄 알았다. 발을 동동 구르는 사이 아버지께서는 겨우 일어서시더니 또 짐을 짊어진 채 넘어지셨다. 총소리에 놀라 넘어지신 아버지께서는 다시 일어서는 순간 이불이 물에 흠뻑 젖어 무거워졌기 때문에 또 넘어지셨다. 아! 이런 걸 구사일생이라 하는가? 강을 건너기를 포기하고 우리 식구는 개울 위에 놓인 다리를 발견하고 그 쪽을 향해 걸어갔다. 날은 훤히 밝아져 다리 밑으로 가니 사람들이 빽빽이 자리하고 있어 우리 일곱 식구가 들어갈 틈이 없었다. 다리 밑 가장자리에 자리를 잡으니 사람들이 수군거렸다.

'이젠 빨갱이 세상이 되었다고 ….'

어린 생각에도 가슴이 덜컥 내려앉으며 이를 어쩌나 하는데 바지에 붉은 줄이 있는 인민군 두 명이 나타나더니만 깜짝 놀라 숨을 죽이고 있는 다리 밑의 사람들을 응시하면서 젊은 청년 한 사람을 니오기고 했다. 그 집 식구들이 이 아이는 안 된다고 울부짖고 사연을 말하는 그 와중에 우리 아버지도 잡혀 나오게 되었다. 갓 40세가 된 우리 아버지는 풍채도 좋으시고 키도 훤칠하신 분이다. 나는 어쩌나 하는데 아버지와 두 인민군 사이에 무슨 말이 오고 갔는지 아버지는 그들과 함께 사라지셨다.

나는 13살이었고 안동중앙국민학교 6학년 1반이었다.

우리 집은 안동읍 삼산동 백성관(안동극장) 건너편 적산집과 한옥이 ㅁ자로 어우러져 안채는 한옥이고 행길에 접하고 있는 사랑채는 아버지께서 '근인당 약방' 이란 한약방을 운영하셨다. 말이 좋아 한약방이지 그 당시에는 보약을 지으러 오는 사람도 없고 사흘이 지나야 겨우 감기약 세 첩 정도를 지어가는 형편이니 우리 집은 겉허울은 그냥 괜찮아 보이나 실상은 가난한 집이었다.

나는 배가 좀 고파 뭐 먹을 것이 없을까 하며 냇가를 따라 올라가니 왼편 언덕에 포도넝쿨이 우거져 있는 것을 발견했다. 7월이라 익지는 않았지만 초록빛깔에 간혹 보랏빛이 섞여 있는 포도송이가 주렁주렁 달려 있는 것을 보고 한 송이를 뚝 따다가 그만 기겁을 했다. 얼키설키 포도나무 순이 뻗어 있어 잘 보이지는 않지만 거기 덩굴 속에 사람이 숨어 있었다. 나는 '엄마야!' 하고 소리를 지를 뻔했지만 그 사람이 아버지란 걸 깨닫는 순간 입을 닫았다.

아버지께서는 입에 손을 대고 아무 말을 하지 말라고 하시면서 손짓으로 나가라고 하셨다. '아! 우리 아버지께서는 잡혀 가셨지만 용하게 빠져 나와 여기 숨어 계셨구나.'

우리 부모님들께서는 우리 5남매를 거느리고 낙동강을 건너 남하하려던 것을 포기하시고 시골 할아버지 댁으로 들어가 숨어 살게 되었다. 감싸 주는 친척도 있었지만 우리 가정이 기독교인이라 고자질한 먼 친척이 있었다. 숨어 사시던 아버지께서는 밤중에 자꾸만 불려 나가시게 되고 철없는 나도 무언가 모르게 위기를 느끼게 되었다. 어느 날은 좀 높은 당원인지 하는 사람이 와서 남선면 인민위원회에서 왔다고 하면서 지금 인민위원회로 좀 같이 가자고 했다. 아버지께서는 그때 말씀도 잘 하시고 사리가 분명하신 분이셨으며 교회의 장로님이기도 하셨다. 그래서 "아, 나는 안동읍 삼산동 인민위원회 소속이지 남선면은 아니라고 하시면서 내일은 우리가 사는 근거지로 가서 등록을 하겠다."고 하셨다. 그러니까 "아, 꼭 그렇게 하시오."

더 어떻게 할 수 없었던지 가 버렸다.

아버지께서 안동 읍내로 가시던 날은 1950년 9월 14일이었다. 아침을 드시고 난 아버지께서는 흰 바지에 흰 노타이 셔츠를 입고 가셨다. 아버지가 가신 후 한 오전 10시나 11시쯤 되니까 굉장한 굉음이 들리면서 비행기 편대가 우리 머리 위로 천천히 지나가고 있었다. 얼마나 많은지 셀 수도 없을 뿐 아니라 얼마나 높이 떠 있는지 바로 내 머리 위에서 느릿느릿 날아가는 것 같았다. 그 순간 비행기마다 염소 똥 같은 까만 물체를 줄줄이 떨어뜨렸다. 그와 동시에 꽝꽝 우르르 나는 뒤로 날아가는 것 같고 시골집 문짝이 열렸다 닫혔다 떨어지고 귀가 먹먹해졌다.

우리가 있는 시골집과 안동 읍내까지 거리는 불과 6km밖에 안 떨어져 있었다. 그때가 맥아더 장군의 인천상륙작전 전날이었고 공산군 대 소탕작전이 벌어진 때 같았다. 안동 읍내로 들어가신 아버지께서는 어떻게 되셨는지? 많은 걱정을 안고 그 밤을 지새웠다. 소식을 들을 수 없고 눈앞에 벌어진 일만 알 뿐이었다. 그럭저럭 사흘이 지났다.

그때 동구 밖에서 두 사람이 마을을 향하여 오고 있었다. 한 사람은 키가 크고 얼굴이 검붉고 아래위로 짙은 자주색 옷을 입었고 옆에는 우리 삼촌이 그 사람을 부축하고 걸어오고 있었다. 나는 우물가에서 두레박으로 물을 퍼 올리다 말고 정신없이 집으로 뛰어와 마당에 펄썩 주저앉으면서

"저~ 저~ 엄마~!"

어머니께서

"야가, 왜 이러누?"

나의 무서운 육감은 그 자주색 옷을 입은 사람은 우리 아버지라는 걸 직감했다. 흰 옷을 입고 가신 아버지께서는 얼마나 피를 많이 흘리셨는지 온통 자줏빛 옷이 되었고 검붉은 얼굴은 피가 흘러 내려 그대로 말라 딱지가 더덕더덕 붙어 있어 도저히 알아볼 수 없는 흉측한 몰골이 되셨다.

사흘 밤낮을 혼수상태로 사경을 헤매시던 아버지께서는 나흘째 되던 날 우리 가족을 알아 보셨다. 약이 없어서 상처를 치료할 수가 없었다. 병원도 의사도 물론 없을 때니까.

이웃 사람들이 감나무 잎을 상처에 붙이고 개를 잡아 삶아 먹으면 좋다는 민간요법을 가르쳐 주었다.

9월 하순경이 되니까 공산군도 후퇴하게 되고 병원 의사도 복귀하게 되어 아버지께서는 안동 백병원에서 수술을 받으셨다. 두개골 골절 및 온몸에 파편을 맞아 그렇게 피를 많이 흘리셨단다.

아, 이렇게 할머니가 13살 때 겪은 6·25 한국전쟁 이야기를 손주들에게 글로 알려준다. 무릎 앞에 앉혀 놓고 이야기를 할 수 없는 바쁜 세상, 학교 공부, 학원 공부, 과외, 시험 등으로 조금도 틈이 없는 너희들에게 언제 앞에 앉혀 놓고 들려주겠니?

꿍보리밥

우리 집 큰길 건너편엔 극장이 있었다. 일러서 '백성관'

학교에서 단체로 극장에 들어 왔다. 끝날 때면 친구들이 우르르 우리 집으로 몰려온다.

"애, 배고프다. 뭐 먹을 것 없나?"

1950년대 얼마나 배고픈 시절이었나?

우리 엄마가 보리쌀을 곱삶아서 대소쿠리에 담아 추녀 끝에 매달아 놓은 것을 누가 발견했는지 다짜고짜 내려 된장과 함께 퍼먹었다. 처음엔 서너 사람이 달려들어 먹었고 드디어 너도나도 숟가락을 들고 왔다. 한 소쿠리의 푹 퍼진 꿍보리밥을 거덜 냈다.

60여 년이 지난 오늘도 "혜순아, 그때 너 집에 그 보리밥 참 맛있었다."

그땐 그랬지

춤추는 허수아비

"야, 넓다!"

태어나서 처음 바다 구경을 한 때가 고등학교 2학년(사범 본과 2학년)때니까 요즈음 아이들은 이해를 할까? 그때까지도 바다를 보지 못했다니.

푸른 하늘과 맞닿은 수평선을 바라보며 가슴이 탁 트이는 감격을 터져 나오는 함성으로 대신했다. 가느니, 못 가느니 하던 수학여행을 그나마 갈 수 있게 되어서 다행이었다.

생에 처음 맞는 수학여행이었다. 푸른 하늘과 그 바다 좀 더 짙은 바닷물을 가슴으로 안고 지난밤에 있었던 일들을 생각하니 우울했던 마음이 확 풀어지는 것 같았다.

왁자지껄 1박 2일의 여행 코스에서 천년 사직의 고도 경주를 감탄하며 답사했다. 그날 저녁 숙소에서

"일찍 자거라, 내일 새벽은 석굴암을 오를 거다."

단체생활에 규칙과 질서가 얼마나 중요했을까? 인솔 교사들은 신경을 곤두세우며 우리들을 지도하기에 여념이 없었다.

"야! 우리 이런 밤에 그냥 잠만 잘 수 있느냐? 좀 더 추억거리가 될 재미있는 일이 뭐 없을까?"

우리 방에서는 이런 모의가 진행되고 있었다. 단연 내 머리에서 번득 아이디어가 떠올랐다.

"얘들아 바가지 귀신 어떠냐?"

"좋다. 뭐, 뭐 있으면 되노?"

친구들은 말이 떨어지기 바쁘게 재료들을 대령했다. 막대기 1개, 치마와 저고리(블라우스) 등

"야, 바가지가 없더라. 이것 가지고 하자."

부엌에 침입했던 애가 약간 찌그러진 알루미늄 양재기 하나를 가져왔다. "그러면 누가 허수아비 할래?"에서 아이디어 제공자이기도 하고 키도 크다는 이유에서 내가 지정이 되고 말았다.

밤 10시나 되었을까? 막대기에 흰 블라우스를 입히고 치마를 늘어뜨린 다음 치마 속으로 들어가 막대기와 양재기를 합쳐 잡고 두 손을 높이 올리니 신장 2m가 훨씬 넘는 움직이는 허수아비 아니 바가지 귀신이 되었다.

1955년이었으니 외등도 별로 없고 방의 전등만 끄면 사방이 먹물을 뿌린 듯 캄캄했다. 나는 치마를 덮어 쓰고 있으니 앞이

안 보였다. 앞, 뒤, 옆에서 방 친구들이 밀고 끄는 대로 따라갔다. 문지방에 걸려 휘청거리며 넘어질 뻔도 했다. 나를 이끄는 친구들은 매희, 영희, 영숙 등 이었다. 첫 번째 방으로 갔다. 문을 드르륵 열고 들어서니 불을 끄고 잠을 자려던 아이들이 기겁을 하며 소리를 질렀다. 나는 그 소리에 신이 나서 양재기를 끄덕끄덕, 막대기를 흔들흔들 움직이니 공포 효과를 더 높일 수 있었다. 대성공이었다. 아이들의 고함 소리와 웃음 소리와 겁에 질려 방구석 쪽으로 몰리는 소리 등은 내숭이 아니라 리얼한 모습들이었다.

"얘들아, 다음 방으로 가자."

나를 이끌고 가는 친구들은 신이 났다. '그래그래' 하다 보니 담임선생님 방 근처까지 갔던 것 같다. 그 방에는 이애가 있었다. 이애는 벌레만 보아도 펄쩍 뛰던 아이였고 감수성이 예민했다. 그 방에 들어섰을 때 이애의 겁먹은 절규와 울음소리에 나도 좀 놀랐다. '얘가 진짜 병이라도 나면 어떻게 하나?' 하고…

나중에 안 일이었지만 그때 영숙이가 뒤에서 플래시를 껌벅 끔벅에서 공포 분위기를 더 조성했다고 한다. 아니나 다를까? 이경환 담임선생님이 놀라서 뛰어왔다.

"아니, 이게 뭘 하는 짓이냐?" 하시면서 허수아비를 낚아챘다. 그리고 내 머리를 쥐어박았다.

"아니, 고상한 놀이를 해야지 이 따위 짓들을 하느냐?"

하이 소프라노의 찢어질 듯한 질책이었다. 모든 친구들은 나래를 접고 나 혼자만 호되게 꾸지람을 들었다. 나는 정말 너무 부끄러웠다. 잠시 전까지의 들떴던 마음은 사라지고 회한 속에서 그 밤을 지새웠다.

그러나 지금 생각하면 여러 급우들에게 잊히지 않는 추억거리를 만들어 준 것 같아 조금은 흐뭇하다.

한 지붕 대가족

남편은 가난한 농사꾼의 둘째 아들로 태어나 어린 시절을 고생스럽게 보냈다. 그 시절은 누구나 다 못 사는 형편이었지만 아버님 혼자의 손으로 조그만 땅뙈기에 농사를 지어 먹고, 입고, 교육시키고 하자니 얼마나 어려웠겠나?

기성회비를 내지 못해 시험을 치다가 쫓겨날 때가 한두 번이 아니었다고 한다. 그러나 어머님의 지극한 교육열 때문에 그때그때를 겨우 모면했다고 한다.

어느 비가 부슬부슬 내리는 날 들에서 돌아온 아버님은 고래고래 소리를 지르셨다고 한다.

"이 놈의 집구석은 공부 때문에 다 망한다. ○○집 아들들은 하루에 나무를 몇 짐씩 해다 마당에 가려 놓고 하는데….”

"책만 끌안고 있으면 뭐가 되노?”

하시면서 화를 내셨는가 하면 어느 날은 책가방이 느닷없이 마당으로 휙휙 날아가기도 했다 한다. 그러나 남편은 한 번도 자기가 그런 구박 속에서 공부를 했다는 구질구질한 소리를 하지 않았고 그런 아버님에 대해 한마디의 원망도 없었다. 다만 주어진 환경에서 최선을 다해 열심히 공부를 했을 뿐이었다. 옛날을 추억하시는 어머님께서 가끔 "애미야, 글쎄 애비 사범학교 댕길 적에…" 로부터 시작해서 온 집안에 있었던 구차한 이야기를 할라치면 "허, 어무이요, 그만하소."

밤낮을 가리지 않는 그의 노력은 얼마나 컸던지 우리가 결혼을 할 무렵에 그는 경북영양고등학교에 근무를 하고 있었다. 그는 조각처럼 잘 생긴 얼굴이었고 그 얼굴 속에는 항시 근엄함과 성실함이 깃들어 있었다. 결혼 후 우리는 맞벌이 부부로 바쁘게 살았다. 비록 가난한 집안이었지만 남편 한 사람을 쳐다보고 모든 시름을 잊고 살 수 있었다. 그는 너무나 착실했고 사랑과 이해가 깊은 사람이었다.

지금까지 평생을 살아오면서 부부싸움은 한 번도 한 적이 없었다. 남들이 그럴 수가 있나 믿기 어려워하나 그것은 사실이었다. 나의 부족한 점은 그가 잘 이해해 주었고 그가 바라는 뜻은 내가 대체로 따라 주었기 때문이었다.

60년대 초에만 해도 가족 계획에 대한 홍보 및 교육이 대단했다. 요즈음에는 '둘만 낳아 잘 기르자, 하나라도 똑똑하게 기르자.'였지만 그때는 '3, 3, 35제'라고 하면서 '셋을 삼 년 터울로 35세 전에 낳자.'라고 했었다. 셋 이상 낳으면 미개인이라고도 했다. 나는 어쨌든 그런 국가 시책들을 다 무시하고 5남매나 낳은 미개인이 되었다.

첫아이의 출산 예정일은 63년 11월 초였는데 학교 연구 공개가 11월 하순경이었다.

임신했다는 사실이 부끄러워 말을 못한 채 지정 수업 반을 맡고 속으로만 끙끙댔다. 수업 지정을 받을 때만 해도 별 표시가 없었고 아이를 다섯이나 낳는 동안에도 입덧을 한 번도 한 적이 없었기 때문에 남들이 잘 몰랐다.

여름방학을 마치고 나니 몸이 무거워지기 시작했으나 학교에서는 연구 공개는 하고 낳겠지로 생각했던가 보다.

지금 생각해도 내가 너무나 어리석었고 늘 시키는 대로 순종만 하던 터라 딱 부러지게 '못 할 것 같다.'라는 말을 왜 못했던가 싶었다.

아니나 다를까 덜컥 11월 9일 출산을 하고 나니 동료 선생님들은 그 아이가 정말 효자다. 어머니가 고생을 안 하도록 공개일 전에 태어났다고 하며 푹 쉬라고 했다.

한편 학교는 긴가민가하다가 출산을 하고 나니 수업 공개 반을 바꾸어야 하고 또 연구 공개 일을 앞두고 보결 수업 배치에다 교무주임이 쩔쩔매게 되었다.

그때는 기간제 교사나 강사를 쓰지 않을 때라 온통 동 학년 선생님과 전임인 교무주임이 들락날락거리며 한 달 동안 보결 수업을 했으니 아이들에게 미안한 점은 말할 것도 없고 동 학년 선생님들과 교무주임께도 이만저만한 폐가 아니었다. 드러누 워 있는 동안 마음이 편치 못했다.

첫아이는 딸이었다. 아버지를 닮아 눈이 크고 머리칼은 곱슬 이었다. 딸이라는 소리에 그저 섭섭해 마지않는 시어머니의 표 정을 살피노라니 지금 당장이라도 돌아누워 아들을 하나 더 낳 았으면 싶었다.

그런대로 딸아이는 예쁘게 잘 자랐다. 1개월 특별휴가를 마 치고 출근을 했을 때는 날씨도 몹시 추웠고 밝은 햇살은 눈이 부셨으며, 몸은 발을 헛디디는 것처럼 중심이 잘 안 잡히고 어 질어질했다. 수업의 결손을 없애기 위해서 다음 아이는 방학 때 낳도록 하자는 가족계획을 세우고, 둘째 아이는 겨울 방학인 65년 1월 21일에 낳았다. 또 딸이었다. 앞뒷집에 모두 아들을 낳는데 우리 집만 딸을 낳았다고 시어머니께서 아쉬워하셨다. 그때는 개학이 2월 8일이어서 채 이십 일을 못 채우고 학교에 나갔다. 시어머님께서

"야야, 우리는 옛날에 사흘만 지나면 밥을 끓여 먹었다. 삼칠 이 지났으니 괜찮다."

옛날 어른들은 곱쳐서 19일만 지나면 삼칠이 지났다고 인제 는 움직여도 괜찮다고 하셨다. 아무튼 좀 무리하긴 했으나 4시

116

간의 수업을 마친 뒤에는 조퇴해서 휴식을 취했다.

셋째는 겨울방학인 67년 1월 12일에 출산을 했다. 기대를 걸었던 셋째도 딸이었으니 '아! 나는 딸밖에 못 낳는가 보다.'라는 생각이 들어 기대하던 시부모님들께 미안한 생각이 들었다. "수고했다."고 말하는 남편은 어쩐지 어깨가 축 처져 보였다.

우리 부부는 정작 자라는 아이들을 보니 귀엽기도 하고 사랑스러워 '아들이면 어떻고 딸이면 어떠냐.' 생각하고 있는데 남들은 우리를 측은하게 바라보는 것 같아 괜히 속이 불편했다.

손녀를 셋씩이나 연달아 본 할머니는 이젠 억장이 무너지는지 둘째 딸을 낳았을 때 거의 연년 생이나 마찬가지인지라 맏이를 업고 갓 난 동생에게 하시는 말씀이

"너는 우유는 줄 테니 먹고 가만 엎드려 있거라."

하시더니만 셋째 손녀에겐 아무 말씀도 안 하시고 잘 먹이시고 다독거리며 정성을 다해 기르셨다.

시어머니께서 아이를 잘 양육하셨기 때문에 거기에 대한 걱정은 푹 접어놓고 학교 근무를 잘할 수 있었다. 딸 셋으로 끝낸다는 것은 시부모님 생각으로는 어림도 없는 일이었기에 다시네 번째 아이를 철을 바꾸어 여름 방학에 낳기로 했다.

넷째 아이는 몸이 좀 무거웠고 배도 엄청 불러서 앉아 있어도 불편하고 누워 있어도 불편했다. 그날은 수요일 저녁이어서 교

회를 가려고 일어서니 출산의 기미가 느껴져 도로 주저앉았다. 밤샘 진통 끝에 날이 밝아 넷째를 출산했다.

"아들이다!" 하는 시어머님의 침착한 목소리를 들으며 '무언가 해 내었구나!' 하는 안도감으로 몸은 날아갈 것만 같았다. 속이 깊으신 시어머님은 들떠서 좋아하시는 모습을 보이지 않으려 애쓰시는 것 같지만 내심으로는 무척 기뻐하시는 것 같았다. 참으로 잘 생긴 아들이었다. 갓난아기였지만 팔다리가 길고 튼튼하게 생겼다. 집에서 낳았기 때문에 아기의 체중은 알 수 없으나 4kg 이상은 되었지 싶었다. 친정어머니께서 아기를 상면하더니만 깜짝 놀라셨다.

"야야! 저렇게 큰 아를 어떻게 낳았노?"

그 맏아들 동혁이는 지금도 엄청 크다. 키 183cm, 몸무게 85kg의 헌칠하니 잘 생긴 미남자로 길 가던 사람들이 한 번씩은 힐끗 쳐다보는 그런 인물이다.

4남매면 되었지 싶었는데 웬걸 시어머님께서 아들 하나로는 안 된다고 하시면서 더 낳으라고 종용하셨다. 며느리의 거부하는 태도에 화가 나신 어른은

"낳기만 하면 내가 키울 텐데 지가 키우나…."

곧장 중얼거리시면서 볼이 부은 채로 집안을 들락날락하셨다. 삶의 현장에 대단한 실력가이신 어머님! 그 어머님의 뜻을 거역할 수가 없었다. 어느 날 남편이

"집안 평화를 위해서 하나 더 낳자."고 했다.

그래서 동혁이가 세 돌을 지나고 난 후, 그 해 8월 5일 여름 방학에 낳은 아이가 막내 동찬이었다.

친구들이 "얘야, 너 간도 크다. 그 애가 딸이었으면 어쩔 뻔했니?"

"딸 넷에 아들 하나라. 끔찍하다. 야!"

어쨌든지 2남 3녀를 학교 근무를 하면서 수업에 결손이 없도록 넷은 방학 때 출산을 했고 산후 조리 기간이 짧았거나 길었거나 상관하지 않고 개학날만 되면 곧장 출근했다.

이 다섯 아이들을 열심히 양육하시던 시어머님은 지금도 계속 자기가 낳은 아이들처럼 양육을 하고 있지만 얼마나 일거리도 많고 고달팠겠는가?

어느 날 나를 보고

"이제 내 소원은 정수(시동생) 아를 두엇만 키워 줬으면 좋겠다."란 말씀을 하셨다.

그때 시어머님의 연세는 71세이셨다. 우리 아이들은 12세, 10세, 8세, 6세, 3세이고 막 결혼을 한 시동생 내외도 맞벌이 부부였다. 시동생은 대학교수로 대구 영남대학에서, 동서는 중학교 교사로 경북에 근무를 하고 있을 때 임신을 하여 무거운 몸으로 근무하면서 주말이면 대구로 왔다.

시어머님의 생각도 이제는 많이 변하셨다. 동서를 향하여

"쓸 것 두엇만 낳아라."

우리 아이 다섯을 다 집에서 낳도록 하시더니만 동서 보고는 병원에 가서 낳으라고 하셨다.

생각하면 참 대단한 분이시다. 시어머님은 자기가 7남매나 낳으셔서 셋은 10살 안에 잃고 4남매를 양육하셨다. 다음에 4남매를 결혼시키고 나서 맏아들이(시숙) 낳은 손녀를 돌이 지나 데려와서 기르셨다. 그리고 우리 아이들 5남매를 직접 자기 손으로 받아 기르셨다. 그리고 시동생의 아이들 둘을 우리 집에 데려와서 기르셨다. 15명이나 되는 친자와 손자를 자기 평생에 집안일과 겸하여 기르시느라 얼마나 고생을 하셨겠냐만 툭 털고 새 옷을 입고 길 거리에 나서면 인물도 좋으시고 하여 사람들이 부잣집 할머니 같다고 했다.

내가 결혼해서 생활하는 중 우리 집에 한창 식구가 많을 적엔 시부모님과 우리 부부, 큰집 질녀와 우리 아이 다섯 그리고 작은집 남매와 돌봄이 둘, 내가 생각해 보아도 '내가 이런 집의 며느리로서 얼마나 스트레스를 받았을까' 싶지만 거기에는 딱 두 사람, 시어머님과 남편의 역할이 이 모든 가정 구성원들을 불편 없이 지내도록 한 대단한 실력가들이라고 본다. 그리고 나도 무던히 참고 44년의 공직생활을 마쳤으니….

시어머님의 노고가 지금껏 새롭다.

딸 셋에 아들 둘을 낳고 나니 하시는 말씀이 내가 우리 동혁이 중학교 모자 쓰는 것 보고 죽겠나? 하시더니만 첫 손녀, 둘째 손녀 결혼 하는 것, 셋째 손녀 약대에 들어가는 것, 손자 동혁이 의대에 들어가는 것, 막내 동찬이 고등학교에 들어가는 것까지 다 보시고 85세에 세상을 뜨셨다.

모내기와 산모

"애미야! 들어 봐라."

5월 모내기철이 다가왔을 때, 나는 만삭이었단다. 일손이 부족하기 때문에 들에 안 나갈 수가 없었다. 아버님께서

"야야, 오늘 해지기 전에 모를 다 심어야 한다. 몸이 좀 무겁더라도 들에 나가자."

"이 한 말씀을 거역할 수 없어서 따라 나섰지 무논에 들어서서 모를 한 모슴(묶음) 들고 허리를 굽히니 배가 물에 찰싹 닿더라. 키는 작지 다리도 짧고…."

"아이구, 그런데도 모를 심었어요. 어머님!"

나는 계속해서 말씀하시는 걸 경청했다. 한나절을 참고 모를 심고 나니, 어찌 안 됐는지

"아버님, 저는 좀 들어 갈랍니다."

"아이고, 아직도 심을 게 많은데, 해지기 전에 다 심자면…."

어찌 시원찮은 안색을 보이시더니만, "그럼, 가 봐라"

겨우 허락하는 소리가 떨어졌단다. 그 소리를 등 뒤로 부지런히 걸었으나 마음은 앞서고 발걸음은 늦었단다. 줄금줄금 배가 아파서 쉬었다가 멋지면(멈추면) 일어나 걷고를 몇 번 하다가 웬걸 집이 저만치 보이는데 그만 머리받이 물(양수)이 터지더라.

"아이구, 저런요!" 나는 오만상을 찌푸리고 절규를 했다.

동네 사람들은 모두 들에 나가고, 텅 빈 마을에 개, 닭들만 이곳저곳을 삐대고(밟고) 다니는데 나는 순배순배(가끔가끔) 진통이 오면 이를 악물고 참았다가 멋질 때(멈출) 얼른 솥에 물을 붓고 장작을 지피고, 또 짚을 한 단 들고 와 방에 깔고 갈아 논 낫을 머리맡에 놓고…."

다 하고나니 어찌 급하더라. 까짓것 문고리를 잡고 "어매야!" 하고 간심을 쓰니(힘을 주니) 아가 퍽석 쏟아지더라, 이슴을 갈고(탯줄을 끊고) 돌아 앉아 안태(태반)를 낳으니 몸이 날아갈 것 같더라. 태반을 짚으로 오부로 싸서 부엌 아귀에 넣고, 데워논 물을 떠 기기고 들어와 아를 씻게(씻어) 놓으니 딸인데 엄청 참 하드라.

해가 뉘엿뉘엿 질 무렵에 모내기를 끝내고 돌아오는 마을 사람들이

"아이고, 이 집에 얼라 우는 소리가 난데이." 하면서 들여다

보더니

"아이고, 새댁이 아무도 없는 데서 혼자 아를 낳데이."

하며 혀를 끌끌 차더라, 그때 남편의 존재는 없었고 시아부지가 모든 집안일을 지시하고 처리하던 터라.

"미늘아가 들어가더니만 어찌됐노!" 하시면서 와 보시더니만 "아이고, 혼자 애 먹었다."

"그렇게 급한 줄 알았다면 들에 나오지 않아도 될 것을…. 그래 뭐를 낳노?"

뭐 아들을 낳아야 유세스럽지, 딸을 낳은 터라 나는 아버님을 볼 낯이 없어 부시시 일어나 "기집아입니더" "그래"

시큰둥하게 대답하시드만 자기 아들을 향하여

"야, 야, 읍내에 가서 미역 한 오리 사고, 네가 한 사흘 끓여 먹여라." 하고 아들에게 말씀하시고는 큰집으로 가시더라.

"너 시아부지가 읍내 장에 가서 꼭 댕기만한 미역을 한 오리 사왔더구나, 그걸 사와 고기도 찬지름도 없이 멀겋게 끓여서 뜸도 옳게 안 내린 선 밥에 먹으라고 갖다 놓더라. 눈물이 퍽 나더라. 첫아 때는 친정에 가서 몸을 푸니 마음도 편하고 우리 어매가 얼매나 바라지를 잘 해 주는지…."

그 넓은 일직(안동군 일직면) 들에서 난 일등품 쌀에다 미역도 좋은 대각으로부터 시작하여 미역국을 끓이는 순서가 찬란하게 시작되었다. 말만 들어도 참 맛이 있겠다 싶었다.

"쌀을 불려서 생 깨하고 섞어 꼭꼭 찧고, 소고기는 산모가 씹으면 나중에 이가 탈난다고 보드랍게 난도질하고, 찬지름을 많이 넣고 미역을 들들 볶아 생 깨와 쌀 찧은 것을 채에 내려서 보한 물(흰 국물)을 붓고 큰 가마솥에 미역국을 끓여 놓으니 야야, 얼마나 구수하고 맛이 있는지…. 앞뒤 채면 볼 것 없이 막 퍼먹었다. 그런데 야야 먹어도 먹어도 배가 안 부르더라. 꼭 허탕에 물을 붓는 것 같더라."

하시면서 까마득히 지난 출산 과정을 며느리인 나에게 들려주셨다.

"그런데 니는 야야, 이 맛있게 끓여 놓은 국과 밥을 이래 덜 먹고 내 놓으니 내가 심이(힘이) 안 난다."

첫아이를 낳고 누워 있는 나에게 하루 6식을 해야 한다 하시며 밥은 공기도 아니고 놋 식기 위로 아래에 담긴 양 만큼 불룩 솟게 꾹꾹 눌러 담으시고 국도 대접에 미역이 불쑥 솟아오르게 한 대접을 떠서 4시간마다 소반에 받쳐 들고 들어오시니 내가 도저히 감당할 수 없었다.

놋기 위로 솟오 밥만 떠서 국에 말아 먹으니 정말 맛이 있었다. 그러나 그 많은 양을 그렇게 자주 먹지는 못해서 상을 들고 오시는 시어머님을 향해 "또 먹어야 돼요?"

하면 그리 섭섭한 표정을 지으시며 "너어는 다 포시랍아(편안해서) 그렇다."

하시면서 앞에 사시는 친구 할머니의 이야기를 들려주셨다.

광대 할매도 시어매가 주는 밥과 국이 하도 시뻐서(마음에 차지 않음) 언제 한번 실컷 먹어 볼꼬 하다가 시어매가 장에 간 사이에 까짓것 부뚜막 옹가지에 퍼 담아 논 미역국을 국자로 막 퍼먹었단다. 장에 갔던 시어매가 와 보디만 국이 왜 이리 줄었노? 하더란다. 그래서 그렇게 눈치를 보면서 더 먹고 싶어도 달라고 하지 못했다는 심정을 이야기하시면서 나를 포시랍다고 하셨다.

부서의 책임을 맡으면서

나는 기나긴 공직생활 때문에 실질적인 교회 봉사를 담당하지 못한 것을 늘 죄송하게 생각하고 있었다.

6개월간 기간제 근무를 마치고 2001년 2월 말로 퇴임하면서 무언가를 해야겠다고 생각하던 중이었는데 아니나 다를까 전도회 회장에, 대표회장에, 봉사부장에, 식당관리에, 구역장에 정말 얼마간은 머리가 어리둥절했고 인재가 많은 대구제일교회에서 얼마든지 역할을 나누어 분담할 수도 있겠는데 왜 이렇게 한 사람에게 많은 양의 일은 책임지게 하는가? 이문도 가져봤지만 이때까지 체제가 관행적으로 그렇게 이루어져왔기 때문이란다. 전임 이처선 권사님은 아무 소리 없이 이 일을 혼자서 거뜬히 잘 감당하셨다하니 존경하여 마지않는다.

그중 무엇보다도 식당의 일이 벅찼다. 일의 요령을 모르기 때문이었을 것이다. 많은 봉사원들과 해당 구역의 구역 원들이 협조하여 북적북적 일이 잘 되어 나갈 때는 정말 신이 났지만, 일손이 부족하다고 주방 식구들이 힘들어하면서 짜증스러워 할 때는 정말 마음이 무거웠다. 나뿐만 아니라 구역 대표 회장이 '우짜꼬' 하면서 걱정하는 분들이 많았다. 그러나 우리는 모두 사랑으로 함께 어우러지는 교회이기 때문에 열심히 노력할 뿐이었다.

어느 날 담임 목사님이 앞치마를 두르고 설거지대에서 그릇을 씻으셨다. 부목사님들도 모두모두. 발을 씻기는 본을 보여 주신 목사님, 참으로 보기 좋은 모습이었으며 감사했다.

해당 구역 때 앞치마를 입으신 장로님, 남자 집사님들 정말 고마웠다. 앞으로 작은 예산이지만 양질의 식사가 제공될 수 있도록 노력할 것이다.

예배 시에 앞 사람의 뒷머리만 보다 가시지 말고 식당에 내려오셔서 따끈한 국과 진지를 드시면서 친교를 가져 주셨으면 더욱더 어우러져 가는 교회가 되지 않을까요?

군선교 회원님!

2018년도 회장직을 맡으면서 회원들께 보내는 글입니다

새해가 밝았습니다.

주 예수 그리스도의 이름으로 인사드립니다.

2004년도 군선교 여성위원회가 시작하여 지금까지 인도하신 에벤에셀의 하나님께 진심으로 감드립니다. 모든 것이 주님이 함께 하심이요, 회원 여러분들의 끊임없는 기도와 적극적인 후원으로 지속되고 있음을 또한 감사드립니다.

"오직 성령이 너희에게 임하시면 너희가 권능을 받고 예루살렘과 온 유대와 사마리아 땅 끝까지 이르러 내 증인이 되리라 하시니라"(행 1:8)

복음의 증인된 삶을 우리 모두가 예수 그리스도의 마음으로 하나님이 위에서 부르신 부름의 상을 위하여 끊

임없이 행하여 그리스도의 날까지 이루어 나아가야 할 줄 믿습니다.

2018년에도 지속적으로 뜨거운 눈물의 기도로 도와 주시기를 두 손 모아 기도드립니다.

세계적으로 경제가 나라와 가정 모두 많이 힘들지만 임마누엘 하나님을 의지하고 힘있게 나아갑시다.

하나님의 은혜와 평강이 온 가족 위에 임하시며 기도 의 제목들이 응답되시기를 소망합니다.

2018년 1월

대경군선교 여성위원회

회장 임혜순 권사 드림

믿고 맡겨주십시오

우리 집 거실 건너편 남향 방에는 피아노 한 대와 붙박이장 외에는 다른 가구가 없다. 햇볕이 잘 들어 낮에는 따뜻한 방이기도 하다. 베란다에는 크고 작은 화분을 놓아 푸르름과 공기정화의 역할을 하게도 했다.

피아노 위와 3면 벽에는 꾸미지 않아 어찌 보면 어설프기도한 사진들을 죽 전시해 놓았다. 이른바 사진방이다. 학교생활을 뻬ᄂ 교실환경을 갇 꾸며 보려고 내용, 색상, 위치, 모양 등을 연구하고 또 기발한 아이디어를 발휘하여 환경정리를 잘 한다고 칭찬을 듣기도 했다. 그런데 정작 집안 꾸미기는 대충대충이다.

피아노 위에는 남편이 환히 웃으면서 '대구 교육 믿고 맡겨주십시오.' 기호 6번이라는 전단지가 놓여 있다. '희망과 미래가

보이는 대구교육 우○○ 반드시 해 내겠습니다.' 이런 다짐의
글도 있고, 나는 가끔 남편을 향하여 "당신의 뭐를 보고 대구교
육을 믿고 맡깁니까?" 하면 허허 웃고 힘들고 고달팠던 선거전
의 지난 일들을 추억하기도 한다.

2000년 8월 나는 44년간의 공직을 정년퇴임하면서 황조근정
훈장을 받고, 교육감실에 들어가 인사를 드렸다. 마침 남편도
그곳에 있었다. 그는 대구시 교육청 교육국장으로 퇴임하게 될
때다. 교육감님이 '마음을 결정했느냐?'고 하시면서 차기 교육
감 출마를 권유하고 있는 중이었다. 나를 보고 하시는 말씀이
얼른 서둘러서 선거에 임할 준비를 하라고 하셨다. 그래서 나는
"교육감님! 추천해 주시는 것은 너무 고맙지만 저희들에게는
너무 벅찹니다. 재력이 있습니까? 인맥이 있습니까? 학벌이 좋
습니까? 뭐 하나 볼 것이 있어야 말이지요."
그런저런 고심 끝에 남편은 어려운 결정을 하여 출마를 하게
되고, 진심으로 도와주는 사람들의 격려 속에서 동분서주했다.
그런데 정작 투표권을 가진 학교 운영위원들은 그를 믿고 맡길
수 없었든지 낙마를 했다. 우리 부부는 낙마 후 서로 위로하면
서 출마할 수 있었던 것을 영광으로 생각하고 낭비를 하지 않
던 일을 다행으로 생각했다.
나는 평교사로 있으면서 늘 고속 승진하는 남편을 보고 "당신
누구 빽 인교?" 하면 "나야 하나님 빽이지" 인사 원칙에 없는

특별 인사 그것도 대통령의 재가를 받아서까지, 그것은 돈이나 청탁으로는 도저히 될 수 없는 이동과 승진이었다. 나는 그런 모습을 보고 정말 그는 하나님이 그의 빽이었다고 생각했다. 나는 여기에 학교 운영위원들께 보내는 글 한 편을 소개하고자 한다. 내가 읽어 보면서 정말 자기의 소신을 잘 담은 가식 없는 발표문이라고 생각했다.

존경하는 학교 운영위원 여러분! 안녕하십니까?

저 우○○은 초, 중, 고등학교 교사, 교감, 교장으로 30년 세월을 교육현장에서 학생들을 지도하였고 또한 15년간 교육청에서 교육행정을 다루는 경험을 갖추었습니다. 특히 최근 4년간은 대구시 교육청의 교육국장의 자리에서 정책입안하면서 교육행정의 전문성을 닦아왔습니다. 이러한 경험과 책임 있는 행정 경험을 통하여 저는 현재 우리 교육이 처해 있는 공교육의 부실에 대한 대안을 제시하고 급변하는 미래 사회에 대비한 교육 방향을 바로 잡을 소명의식을 가지고 교육감에 출마하였습니다. 저는 또한 일찍이 교육정보센터 건립을 추진하여 교육정보화를 앞당길 정책을 제시하였으며 앞으로는 인터넷교육 방송국을 건립하여 학생들에게 사이버 맞춤형 교육을 실시할 청사진을 마련하는 등 미래교육 대비와 공교육 부실에 대한 대안을 마련하는 일에 최선을 다하고 있습니다.

　학교 운영위원 여러분!

　경쟁적 입시제도에 시달리는 우리 아이들에게 우선적으로 바른 인간교육을 실시하여 꿈과 희망을 키우는 학교가 되도록 하겠습니다. 그리고 현재 전국 최고 수준인 대구의 학력을 계속 유지하여 경쟁력 있는 인재가 되도록 교육정책을 추진하겠습니다. 동료 교사에게는 미래의 주역을 가르치는 보람과 긍지를 가질 수 있는 환경을 조성하겠습니다. 학부모님들의 의견은 학교운영위원회를 더욱 활성화하여 교육정책 수립에 반영함으로써 신뢰할 수 있는 공교육을 만들겠습니다.

　'나라의 미래를 보려거든 우리 아이들을 보라' 는 말이 있습니다. 우리 아이들을 보면 희망찬 미래가 보일 수 있도록 최선의 노력을 기울이겠습니다.

교육감 출마를 결심하며　우○○ 올림

대통령과 우리 가족의 만남

2001년 우리 가족은 여름 여행으로 미국의 서부 몇 도시를 방문하기로 했다. 외손, 친손 등 가족 수가 많기 때문에 형편상 100%의 참석률은 잘 못 지키나 형편대로 10명~17명 정도의 구성원이 늘 참석하여 조금은 대부대이다. 미국에 체류하고 있는 가족 4명을 합쳐 13명의 여행단이 LA에 있는 디즈니랜드 앞에 콘도를 하나 예약했다. 사람 좋은 셋째 사위는 여행 준비도 잘 계획하고 가이드 역할도 잘 하여 대가족을 잘 안내한다. 올망졸망 손 사녀들을 규칙을 세워 대열에서 이탈하지 않두록 "라인업 line up" 하면 아이들은 서열대로 줄을 서서 졸졸 잘 따라다닌다. 지금은 11명이지만 그 당시는 7명이었다.

우리가 출발하던 날은 8월 초였던 것 같다. 체킹을 하고 비행기를 탑승하고 나니 맏딸이 "엄마 저기 카터 대통령이…" 하면서 흥분해서 일어선다. 눈썰미가 없는 나는 "어디 어디" 하는데 벌써 우리 앞줄까지 다가온 대통령은 정말 인자한 모습이었다. 뒤에는 다소곳이 따라오면서 미소 짓는 영부인!

아마 그 당시 카터 대통령이 우리나라에 집을 지어 주는 일을 한다고 들었을 때라 귀국하는 비행기에 우리 가족이 동승한 것이다.

승객 모두에게 일일이 악수해 주었다. 우리 부부 옆에 앉은 7살 난 손자 병준이가 싱글벙글 웃으며 대통령 손을 잡고 흔들었다. 인상적이었던지

"you are a smiley boy"

하시면서 특별히 관심을 보여 주셨다. 외손녀 유진이도 악수를 하고 우리 가족이 미국 대통령이었던 분의 손을 잡아 보았다는 것이 가슴 벅차고 감격스러운 일이었다.

2012년 여름은 두 손자 병준이와 민우가 국제 올림피아드 대회에 한국 대표로 나가게 되었다. 병준이는 휘문고 2학년 생물과로 싱가포르에서, 외손자 민우는 서울 과학고 3학년 화학과로 미국 워싱턴에서 각기 시험을 치르게 되었다.

발대식을 할 때 내가 올라가서 참석하는 영광을 얻었다. 정말 한국에서 쏙 뽑은 수재들이 모였고, 뽑히기까지 이 아이들도 피나는 노력을 하여 선발된 것이었다. 교육부에서 파견 나오신 장학관의 인사 말씀에 이어 학생 한 명 한 명을 불러내어 대회 참가패를 수여하면서 민우 차례가 될 때에 "에~ 배민우 군과 우

병준 군은 사촌 간입니다. 이번에 두 사람이 함께 나가게 되었습니다." 주변에 있던 가족들이 나를 보고

"아이쿠, 정말 기쁘시겠어요, 친손자와 외손자 둘이 다 나가다니요."

그저 감사하면서도 국가대표로 나가게 되니 괜히 내 어깨가 무거웠고 책임감이 느껴졌다. 각각 대회 장소로 떠나보낸 후 나는 걱정 근심이 태산 같았다. 각 과목마다 네 명씩인데 네 사람이 다 같이 잘 해야 금메달을 딸 수 있다나.

내가 하도 걱정을 하니까 둘째 딸 지인이가

"엄마, 우리나라 애들은 한국에서 뽑히느냐가 문제이지 국제대회에 나가면 거의 금메달을 딴 데요."

전전긍긍하던 중 아니나 다를까? 둘 다 금메달을 땄다고 소식이 왔다. 아! 하나님! 나는 소녀처럼 뛰면서 정말 마음속 깊이 하나님께 감사를 드렸다.

드디어 날아 온 메시지!

국제올림피아드 대회에서 대한민국의 명예를 드높인 것을 축하하고 매우 기쁘게 생각합니다. 국토도 좁고 자원도 없는 나라지만 우병준 학생과 같은 인재가 있기에 대한민국의 미래는 밝습니다. 앞으로도 꾸준히 정진해 세계를 무대로 거침없이 도전하기 바랍니다.

대통령 이명박

민우에게도 똑 같은 메시지가 왔다고 했다.

드디어 두 손자들은 청와대에 초청을 받아 대통령을 접견하게 되고 함께 담화를 하고 축하를 받았다고 한다. 특히 병준이는 자리를 잘 잡았는지 대통령이 저희들 테이블에 오실 때 한 컷 찍힌 사진이 우리 집에 걸려 있다.

2012년 10월 어느 날은 만딸 경인에게서 전화가 왔다. 작은 목소리로 "엄마, 여기는 공항인데요. 저, 지금 몽골 울란바토르로 가려고 합니다. 기도해 주세요."

조금은 비밀스러운 분위기에서 소곤소곤….

사연인즉 몽골의 특별한 분의 눈 수술을 하기 위해서 출장을 간다고 했다.

그 분이 우리나라에 와서 수술을 받으려니 번거롭고 여러 가지 국제적인 절차에 문제가 있고 해서 우리나라 의사를 초빙하여 수술을 받기로 했다고 하는데 거기에 삼성병원 안과 우경인 교수가 차출된 것 같았다. 수술이 잘 되어야 할 텐데.

영광스럽기도 하고 걱정스럽기도 하여 딸이 돌아오기까지 그 며칠간은 꿍꿍 가슴앓이를 했다.

드디어 임무를 마치고 돌아온 딸

"엄마, 수술은 생각보다 잘 되었어요. 외국인이고 더군다나 유명한 분이어서 마음의 부담을 잔뜩 안고 수술에 임했는데 같은 동양인이어서…."

환자의 조건이 한국 사람을 대했을 때와 비슷해서 마음 놓고 수술할 수 있었다고 했다. 몽골의 유수한 의사들에게 후속 조치를 취하게 하고 3박 4일의 의료 출장 여행을 무사히 마치고 돌아왔다.

"아이고, 엄마. 희비가 엇갈리는 일이 많았어요."

처음 울란바토르공항에 도착해 비행기에서 내리니 검은 양복을 입은 신사들이 좌우에 죽~ 열을 지어 늘어서서 깍듯이 예를 갖추면서 맞이해 주어 완전히 국빈 대우를 받았다고 한다. 수술에 참여한 멤버도 많았다고 한다. 마취과 의사, 간호사, 기계담당 기사들 등, 그런데 예측하지 못한 일이 일어났다나. 우리나라 10월의 날씨와 그곳 날씨는 엄청 차이가 나더라고 한다. 최저 기온이 영하 18도까지 내려가니 가지고 간 장비, 의료 기구, 기계들을 보온하는데 얼마나 애를 썼는지 모른다고 하면서 휴우~ 한다.

그곳의 의료시설은 취약했고 우리나라 보다 후진국이었기에 맞지 않아서 엄청 애를 쓴 것 같았다. 나는 우리나라의 의술 및 의료시설이 보다 앞장서서 인정을 받는다는 사실에 한 편으로는 뿌듯함을 느꼈다.

"엄마, 귀국하기 전 시간이 좀 있어서 쇼핑을 하러 나갔는데,

세상에 모피가 얼마나 싼지! 그래서 좀 사가지고 오려고 이것저것 골라 놓고 카드를 내미니 글쎄 카드는 안 된데요."

아직까지 신용카드가 보편화되지 않아 현금을 요구해서 못 사고 돌아와 아쉽다고 했다.

특별한 분들은 우리 주변에서 영상이나 사진 등으로는 늘 접할 수 있는 분이지만 이렇게 우리 가족과 가까이서 접촉할 수 있고 대화할 수 있었다는 것이 자랑스러운 일로 생각되었다.

콜로라도의 달밤

2013년 여름

늘 패키지여행으로 휴식이 부족한 여행을 많이 했던 우리는 딸들의 주선으로 이번 여행은 휴식을 취하면서 자연 속에 파묻혀 한 일주일간 지나기로 했다. 목적지는 콜로라도 주에 있는 럭키마운틴 내셔널파크! 비행기를 탑승하고 날아간 첫 도착지는 샌프란시스코공항이었다. 얼마 전 아시아나기가 착륙을 잘못하여 동체로 질질 끌려갔다는 그 활주로가 고도를 낮추면서 눈앞에 들어왔다. 비로 바닷가 활주로였다. 일렁이는 푸른 바닷가에 선명한 활주로. 그 활주로의 시작은 바로 바닷가 언덕에서부터이다. 정말 아슬아슬한 마음으로 내려다보면서 비행기 바퀴가 언덕에 걸리기라도 하면 어쩌나? '참 문제가 있는 활주로'라고 생각했다.

무사히 착륙한 것에 감사하며 콜로라도 주 덴버행 항공기로

바꾸어 탑승했다. 덴버시 헤르츠 회사에서 렌트한 승용차로 드디어 목적지인 럭키마운틴 내셔널파크로 향했다.

　예약된 콘도는 세차게 흘러내리는 개울가에 자리 잡은 방 3개, 거실과 부엌, 뜰에는 고기 굽는 큰 오븐, 나무 식탁과 의자, 개울을 바라보며 서 있는 흔들의자, 그네, 이름 모를 무성한 나무들! 그 사이로 어렴풋이 개울 건너편 콘도의 사람들이 어른거리며 휴식을 취하고 있는 모습도 보였다. 참으로 낭만적인 아름다운 휴양지였다. 개울물은 한여름에도 불구하고 차디 찬 얼음물이었고 울퉁불퉁한 바윗돌 사이를 흘러 내렸다.
　고등학교 1학년 때였던가, 국어책에 있던 '산정무한'이 생각났다. 이런 경치를 두고 한 말인가! 승용차로 산자락을 올라가면서 좌우에 펼쳐진 숲과 숲속에서 어슬렁거리며 먹이를 찾는 동물들! 사슴 같기도 하고, 노루 같기도 했다. 자연을 그대로 잘 보존하고 있기에 등산객들은 그 동물이 신기해서 이리저리 사진을 찍고 즐거운 표정을 하면서 관광하고 있었다.

해발 3,600m까지 차로 올라갈 수 있도록 도로가 포장되어 있었다. 구불구불한 곡선 길도 많았고 벼랑길도 많았다. 여차하면 천길만길이다. 길가에는 가드레일도 없었다. 단지 2, 3m짜리 막대기가 도로 좌우에 띄엄띄엄 꽂혀 있었다. 도로 갓길 표시이기도 하며 눈이 왔을 때에 도로의 경계선 표시라고도 했다.

고도가 높아질수록 얼마나 추운지 여름에서 가을을 지나 3,600m까지 올라 왔을 때는 한겨울이 되었다. 바람도 세차고 빙하도 보이고 동물도 추운 지방에서 볼 수 있는 순록 같은 것, 그리고 남미 페루에 갔을 때 본 알파카 비슷한 고산지대 동물들이 사람도 별로 의식하지 않고 유유히 거닐고 있었다.

산 아래쪽에는 하늘을 찌를 듯한 전나무와 리기다소나무 등, 잡목이 우거져 있었고 호수도 많았다. 참 특색을 가진 아름다운 호수였다. 그런데 이 높은 고지에 오르니 나무는 없고 잔잔한 잔디 종류의 풀들 사이사이에 추위를 이기고 피어 있는 작은 난쟁이 꽃들이 한들거리고 있었다.

그것이 그렇게 신기하다고 들여다보고 웃고 하는 덩치 큰 외국인들, 그들은 참 자연을 사랑하는 사람들 같았다.

하산하여 콘도에 이른 우리는 덴버 시에서 한국인이 경영하는 마트에서 사 온 장거리를 씻고 밥을 하고 샐러드를 만들고 그릴에 고기를 굽고, 세 딸은 부산하고 즐겁게 저녁 준비를 했다. 우리 부부는 그네에 앉아서 흐르는 냇물을 바라보며 이런저런 이야기하다가 딸을 셋씩이나 연거푸 낳았을 때에 서운하고, 섭섭하고, 어깨가 축 쳐졌던 옛 일들을 주고받으면서 성장하고 나니 딸이 참 좋다는 것을 둘이서 장단을 맞추며 이야기했다. 아들 둘은 든든한 울타리였고 그들이 있으므로 세 누나들이 더 돋보이게 되었다는 것도….

즐겁게 저녁식사를 하고 나서 이것저것을 정리하고 나니 어둠이 깔리기 시작했다. 남편은 일찍 잠자리에 들고 세 딸과 나는 콜로라도의 밤을 맞이했다. 그때 거뭇하고 무성한 나뭇가지 사이에 둥근 달이 떠올라 걸려 있었다.

"엄마, 저 달 좀 봐! 콜로라도의 달밤이야."

세 딸은 낭만적인 표정으로 감탄을 쏟아냈다. 그들도 벌써 40대 후반이 되었지만 센티한 감정은 20대나 마찬가지였다. 폰으로 사진을 찍고 누가 먼저 선창을 했는지 '콜로라도의 달 밝은 밤에 ~ ♪ 쓰라린 가슴 안고서 ♬♩' 합창했다.

"너희들은 뭐 그리 쓰라린 게 있겠나?"

"아이고, 엄마 말도 마세요."

그들은 각자 직장에서 받는 스트레스를 늘어놓기 시작했다.

　안과 의사인 첫째 딸은 외래환자를 많이 받을 때는 120명이나
되는 환자를 진찰하고, 처방하고, 수술 예약을 안내하고, 너무
나 바쁜데 환자 개인은 의사를 붙잡고 자기 하나만의 일이기에
이리저리 질문하고 아예 의학 공부 시간으로 생각하고 잡고 늘
어지는데 시간은 자꾸 가고 그 많은 환자를 다 받고 나면 3시
빈이니 디시아 이래가 끝난다고 했다. 점심을 먹으러 식당에 가
면 벌써 끝났고 간호사가 갖다 주는 김밥을 처량하게 먹으면서
"엄마 내가 왜 이러고 사는지 몰라." 하면서 넋두리다.

　한수중학교 교무 부장인 둘째 딸은 요즈음 학부모들은 문제
가 생기면 다짜고짜 자기 아이의 잘못이 아니고 상대방의 아이
가 잘못이라고 하고 교사를 협박하고 학교 교육이 잘못 됐다고

들고 나오며 조금도 이해와 양보가 없어 설득시키려면 힘이 들고 먹혀 들어가질 않는다고 한다. 모두 어쩌 그리 똑똑한지 교육이론과 원리가 정연하고 몰아붙이는 데는 할 말을 잃고 스트레스를 받는다고 한다. 더군다나 아이 말만 듣고 상황 판단을 하지 않은 채 따지는 학부형들도 있다고 한다.

"엄마 그래요."

라잇에이드(RITE AID) 약사인 셋째 딸은 월요일만 되면 200여 명이나 되는 환자를 맞는데 주로 미국 할배, 할매들이 주류를 이루고 있는데 처방에 따라 약만 받아 가면 될 텐데 아니란다. 날씨가 좋다는 인사말부터 시작하여 자기의 상태와 게다가 유머까지 섞은 느긋한 노신사들과 할멈들의 대화를 다 받아 줘야 하는데 시간은 없고 죽겠단다. 12시간 근무 동안 한 번 앉지도 못하고 점심은 가운 주머니에 넣어둔 샌드위치를 틈새를 이용해 한 입 물고 도로 집어넣으면서 그렇게 근무를 한다고 한다.

그러는 사이 달은 어느덧 중천에 휘영청, 콜로라도의 달밤은 흐르는 냇물과 함께 깊어만 가고 있었다.

지난 날 세 딸의 편지

▶ 큰딸 경인의 편지

아버지, 어머니께

아침저녁으로는 아직 쌀쌀한 날씨지만 낮에는 제법 봄 햇살이 따사롭게 쪼이기 시작하는군요. 신학기라서 바쁘시죠? 집안 식구들도 모두 잘 계시는지 궁금하군요.

할머니께서는 아무도 없는 낮에 혼자 집에 잘 계시는지요? 얼마 전 아버지 생신에 맞게 선물을 부쳤는데 잘 받으셨어요? 마음에 드실지….

엄마, 그리고 소식 한 가지!!

요즘 학교에서는 애들이 4학년이 되어 모두 진로 문제에 신경들이 날카로워요. 인턴도 문제지만 레지던트 때문요. 난 아직 과도 정하지 못했지만 모두들 식음이래요. 그러던 중 여학생들에게 서로의 성적을 공개하여 자기의 위치를 좀 알자는 의견이 나와 무기명으로 성적을 써 냈는데 엄마 딸이 1등이지 뭐예요 (*.**/4.30) 믿어지지도 않지만 책임감도 느껴지는군요.

소식 두 번째!!

진섭이 어머니 말씀이 약혼식은 목사님 모시고 양쪽 가족들
만 모여 조촐하게 서울에서 모시고 싶다고 그러세요. 우리 쪽
은 동생도 많아 학비 등으로 돈 쓸 일도 많을 테니 부담을 덜어
드리는 방향으로 하고 싶다고요

난 엄마 의견도 모르고 해서 그 자리에서 확답은 드리지 않
고 그렇게 엄마한테 말을 드려보겠다고 그랬어요. 진섭이 어
머니는 이번에 일본에 가셔서 벌써 결혼 예물들을 준비했나 봐
요 엄마, 딸자식을 셋씩이나 서울에서 공부시키고 뒷바라지를
하시느라 얼마나 고생이 많으세요? 그런데 덜컥 4학년에 약
혼을 해야 하고 졸업과 동시에 결혼까지 해야 하는 형편이 되
었어요. 인턴을 나가면 결혼할 시간도 없다는 그쪽 집의 의견
을 엄마 잘 이해해 주셨으면 합니다. 결혼시키려는데 여러 가
지 걸리는 것도 많고 신경 쓰실 일도 많죠? 죄송해요

그쪽에서도 우리 쪽을 다르게 생각해서가 아니라 그저 부담
드리지 않으려고 그러신다니까 이해하셔야 할 것 같아요.

엄마! 환절기에 몸조심하시고, 연락 주세요.

　　　　　　　　　　　1987년 3월 23일 큰딸 경인 올림

어머니께

  그간 안녕하셨어요? 날씨가 조금 쌀쌀해졌는데 감기는 들리지 않으셨는지요? 저희는 다 잘 지내고 있어요. 지금은 좀 시간이 있는 편이여요. 집안 식구들은 다 잘 있는지요? 그날 엄마 아빠 다녀가실 때 뒷모습을 보노라니 웬 설움이 그리도 북받쳐 오는지 가슴이 에일 듯 했어요. 남이 알면 시댁에서 구박깨나 받고 사나 보다 했을 거예요. 그게 시집살이인가 봐요. 너무 잘 챙겨주시고 살뜰히 보살펴 주시는 어머님이시지만 언제나 어렵고 나는 아직 한 가족이란 생각이 잘 들질 않아요. 차차 나아지겠죠.

  오늘은 일요일 당직이라 할 일도 없는 날에 당직실을 지키고 있어 여유가 좀 있군요. 요즘은 일도 좀 익숙해져서 지나기가 한결 쉬워요. 다음 달은 나는 부천세종병원 파견, 그이는 순천의료원 파견이에요. 휴가를 받을 수가 있으면 하루 정도 대구에 갈 수도 있을 텐데요. 하지만 제일 꼴찌 인턴이라 7월 호시절에 휴가를 받을 수 있을지 모르겠어요. 할머니는 여전하신지요? 그리고 동혁, 동찬이도 잘 지내고 있겠죠.

  지인이는 신임을 벗어나 이젠 여교사의 티를 조금은 내고 있겠죠? 모두들 보고 싶어요. 얼마 전엔 인열이와 shopping을 가기도 했어요. 인열이도 지금은 시험기간이라 바쁜가 봐요. 같이 사진을 부칩니다. 졸업식 때 사진이 잘 나오지 않아 그중에서 추린 거고 엄마가 수를 놓아 해 준 한복 입고 찍은 사진도 있어요. 그걸로 엄마 솜씨가 꼼꼼하다고 어머님이 자랑도 많이 하셨더랬어요.

아버님은 이제는 퇴원하셔서 변호사 사무실에 나가고 계세요 더 물도 나오지 않고 잘 아물었다고 들었어요. 상처에는 더 이상 수술할 일이 생기지 않아야 할 텐데요. 별로 말씀이 없는 분이지만 저를 많이 위해 주시는 걸 느낍니다.

아버지도 건강 유지하시고 가끔 병원에 들려 cheek도 받아 보세요. 합병증은 일어나지 않게 하는 게 중요하지만 일찍 발견하는 것도 중요하니까요.

엄마 아빠 건강하세요. 그러면 다음에 뵐 때까지 안녕히 계세요.

88년 4월 5일 서울에서 경인 올림

▶ 둘째 딸 지인의 편지

To! 엄마

엄마 그 동안 안녕하셨어요?

저희들(돼지 3자매)은 잘 지내고 있어요. 대구도 몹시 춥죠! 여기도 어제부터 갑자기 기온이 싹 내려가서 겹겹이 옷을 껴입고 마스크 끼고 목도리 두르고 장갑을 낀 완전무상 태세를 갖추어야만 해요. 7일부터 시험기간이어서 그 동안 2과목 치렀어요.

이제 9과목 시험만 끝나면 4학년이 된다고 하니깐 세월은 활시위를 떠난 화살이란 표현이 실감이 나는 것 같아요.(엄마도 그렇죠?) 요즘 사립교원공채시험, 대기업, 중소기업에 몰리는 엄청난 수의 사람들을 생각할 때 더욱더 어깨가 움츠려만 들어요.

아빠 건강은 어떠세요? 할머니는요? 이번엔 학사 일정 변경으로 크리스마스 때 쯤 시험이 모두 끝날 것 같아요. 저번 주일은 여의도에 있는 순복음교회에 언니랑 나랑 빈 닐이킹 같이 갔었는데 너무나도 이질적(?)인 분위기에 셋 다 얼떨떨했더랬어요. 목사님(조용기)은 마치 부흥회를 하시는 듯 했고 신자들의 광적인(?) 모습들이 더욱 이상하게만 보였어요. 또 병을 고치는 기도의 시간이 있어서 기도를 목사님이 '병은 나았습니다.'라고 하니까 모두 열광하는 것이었어요. 내가 아직 그만큼 믿음이 없어서 그런지 몰라도 너무 현실구복적인 신앙이 아닌가 하는 생각이 들었어요.

엄마! 추운 날씨에 옷 두껍게 입고 다니세요. 그럼 안녕히.

서울에서 85년 10월. 지인 올림

엄마!

일산 둘째 딸이어요!

평소에 편지를 잘 쓰는 편이 아니라 어색하지만 몇 자 적어봅니다. 팔순을 맞이하신 부모님을 생각하며 시간의 흐름을 실감하게 됩니다. 세월의 흐름이 어찌 이리 빠른지 순간 깜짝 놀라게 됩니다.

저도 제가 27살에 결혼을 했는데 소은이가 벌써 26살이어요. 그리고 제가 결혼할 때 어머니 나이가 현재 제 나이와 비슷했을 것 같아요.

그때 어머니는 모든 것이 준비되어 있었고 일의 앞뒤가 있어 순서에 따라 처리하시는 모습이 제겐 기억에 남아 있습니다. 그에 비해 앞을 내다보거나 미래에 대한 계획과 마음의 준비 없이 지금 내 앞에 놓인 일들을 처리하기에 급급한 내 모습과 비교해 보니 차이가 있네요.

언제나 청년 같은 열정이 넘치시고 추진력과 결단력 있으신 아버지! 요즘도 그 열정만큼은 변하지 않고 활동적이신 모습이 감동적입니다. 대단하십니다. 또한 어머니도 그 옛날 전통적 사고방식이 당연시되던 시절에 직장과 가정을 함께 꾸려내오신, 시대를 앞서 가신 어머니~

요즘처럼 출산휴가 다 챙기고 다양한 지원과 편리한 세상에도 두 가지를 다 해내기가 숨 가쁜데…. 정말 열심히 살아오셨습니다. 물론 그때는 평소에 우리들에게 잔정을 보이시기보다는 엄격하셨던 아버지가 걱정하셨던 것은 무엇일까했고, 가끔 내당동 집 거실 창밖을 통해 마당을 하염없이 보고 계시던 어머니는 무슨 생각을 저리하실까 궁금하기도 했습니다.

그 많은 어려움과 깊은 속내를 우리들에게 다 내보이시기보다는 속으로 삭히시고 의연하게 행동하셨던 것을 이제야 알 것 같습니다. 그저 그런 부모님을 이해하기보다는 내 중심적으로 생각하고 지내 온 모습을 기억하며 부끄러운 마음이 앞서기도 하구요

누군가 사람은 결혼을 하면서 진정한 성숙이 이루어진다고 하더군요. 정말 맞는 말인 것 같습니다. 가정을 꾸려서 누군가와 맞추어 살다 보니 또한 아이을 낳고 애를 끓이다 보니 이제야 다른 사람들을 이해하고 공감하는 능력이 생긴 것 같아요. 뒤늦게 철이 든 딸이 아버지, 어머니의 마음을 이제야 헤아려

봅니다.

　죄송하고 사랑해요~

　팔순을 다시 한 번 축하드립니다. 두 분이 너무나도 열심히 멋
지게 살아오셔서 주 안에서 풍성한 열매 맺으신 만큼 앞으로의
나날들도 더욱 멋지고 풍성한 나날들이 되시길 기도드립니다.

2017.7.17 일산에서 지인 올림

▶ 셋째 딸 인열의 편지

　엄마!

　이제 모두 출가를 시켜서 홀가분하시겠습니다. 그렇잖아도
바빴을 연말에 결혼 준비를 하시느라 몹시 바빴겠네요. 예쁜
며느리를 하나 더 얻어서 얼마나 흡족하십니까? 지금의 저로
서는 며느리 얻을 일이 없으니 엄마가 부럽네요.

　요즘 이곳은 주야로 눈이 내려 거의 눈 속에 파묻혀서 지낸
다고 해도 과언이 아니랍니다. 하지만 아직 전 눈이 좋아요.
애들 마냥 ~

　전 이제 일을 시작한 지 6개월이 넘어 어느 정도 자리가 잡
혔어요. 처음에는 도대체 어리벙벙하고 끝이 안 보이더니 점

접 자리가 잡히네요. 전 제 직업에 몹시 만족하고 감사하고 있습니다. 가기 싫다는 약대를 억지로 설득시켜 보낸 엄마한테 요즘은 몹시 감사하고 있습니다. 제가 아무리 능력이 있다 해도 약사면허 한 장이 아니었으면 이 이국 만 리에서 어떻게 제대로 된 직업을 가질 수가 있었겠습니까? 그리고 하나님의 인도하심이 아니면 어떻게 그 모든 것이 가능했겠느냐 생각하면 감사 밖에는 할 것이 없네요.

지현, 영현이도 이젠 다 자라서 별로 손이 안 가고 남편도 시간이 많아서 설거지며 애들 돌보는 일을 잘 도와준답니다. 남편은 논문이 내년에는 끝났으면 하는 계획으로 있고 가능하면 이곳에서 일자리를 알아볼까 하는 생각을 갖고 있는데 아직은 잘 모르겠네요. 지현이는 이곳에서 교육을 오래 받다 보니 한국적인 다소곳한 면이 없고 미국식으로 부모에게나 다른 어른들에게 친구처럼 대하는 문제가 점점 발견이 되고 있어서 어떻게 가르쳐야 하나 하는 것도 새로운 문제입니다. 영현이는 한국말을 안 하고 영어만 쓰려고 해 문제고, 또 하나는 점점 공주병의 증세가 심각해져서 중증으로 치닫고 있다는 거예요. 예쁜 것만 입고 말도 최대한 혀가 짧은 소리를 하고, 옷 때문에 아침마다 싸우는 것만 빼면 속 썩이는 일은 없는데. 하여튼 쌍꺼풀이 생겨서 아닌 게 아니라 예쁘답니다.

새해에는 아버지께서 계획하시는 일을 위해 온 가족이 힘을 합쳐야겠네요. 저희는 이곳에서 기도 협력조로서 그 역할을 감당하겠습니다.

가끔 아버지 혈당을 cheek하시라고 물건들을 부쳐 드립니다. 다음 장에 간략한 설명을 동봉하나 혹시 모르겠으면 올케나 동혁이에게 설명을 부탁하세요.

그럼 이만 줄일게요. 안녕히~

2000. 12. 미국에서 인열 올림

아버지

아직도 제겐 자전거에 네모 도시락을 매고 출퇴근하시던 젊은 아빠의 모습이 그대로인데 시간이 어쩌면 이렇게 빨리 흘러 우리들도 다 장성하고 우리 애들이 벌써 10대가 되었으니까요

힘든 시간들도 많으셨겠지만 은혜 가운데 얼마나 아름답고 특별한 기억들이 많이 남으셨을까요? 앞으로도 오는 날들을 통해 더 많이 좋은 일들이 생길 거예요. 건강하시고요. 하나님의 영광을 드러내시는 일에 힘쓰시며 아버지로 인하여 하나님 나라가 확장되며 하나님이 기쁨을 이기지 못하게 되시길 바래요

미국에서 2007년 3월 우인열 올림

스무고개

이제 나이가 80에 들어서면서 느끼는 것 몇 가지가 있다.

별 아픈 곳은 없지만 걸음걸이가 어둔하고 무거운 느낌, 앉았다 일어서는 것이 민첩하지 못한 것, 잘 잊어버리는 것, 주방에 들어갔다가 내가 무얼 가지러 왔던가? 다시 나가 보면 아 참, 그거였지, 남편과 나는 가끔 스무고개를 할 때가 많다.

어느 날 남편이 거 있잖아? 저 그 왜 고속도로를 통과할 때… 내가 얼른 '톨게이트' 하니까, 말고 확 지나가는 곳이 있잖아? 나도 갑자기 머리로는 이해하는데 단어가 생각이 잘 않는다 그 파란 선 있는 곳으로 가는 거 말이지? 그래그래 그 뭐더라? 지나가니까… 패스? 패스는 패슨데, 왜 네 글자로 된 단어가 있잖아?

아, 아, 하이패스? 그래 맞아. 둘이는 이제 정답을 찾아 배를 잡고 웃으면서 우리가 왜 이러지?

언젠가 TV에서 할아버지와 할머니의 만남을 '천생연분'으로 유도하는 아나운서의 말에 할멈이 '웬수'라고 했다 아나운서가 네 글자로 하니까 '평생 웬수'라고 해서 온 국민이 웃었던 일이 생각났다. 우리도 이제 어쩔 수 없는 할아범과 할멈이 된 것 같아 조금은 서글프다.

북해도 팔순 여행

금년(2017) 들어 우리 부부는 팔순(傘壽)에 이르렀다. 돌아보면 국가적으로 두 번씩이나 위기를 겪은 세대이다. 8세 때 2차 세계대전, 13세 때는 6·25 한국전쟁, 일제의 압박과 동족상잔의 쓰라림과 빈곤 속에서 이렇게 어린 시절이 불우한 우리는 이제 세계적으로 최빈국에서 선진국으로 발돋움하고 있는 현실까지 왔다.

사범학교를 졸업할 무렵 진학의 꿈을 잔뜩 품고 새벽에 영어 강의를 들으려고 나갔던 나는 영어 님ㅣ 님ㅣ 선생님이 강의를 열심히 들었다.

왜? 진학관계의 상담을 하지 않느냐 하신 선생님의 말씀은 고마웠지만 결국 나는 7남매의 맏이였기에 아버지의 경제력으로선 도저히 이룰 수 없는 꿈이었다. 얼마간 진학의 꿈과 좌절이 함께 뒤엉키면서 가슴앓이를 했다.

1957년 4월 모교인 안동중앙국민학교에 발령을 받아 사회인으로서의 첫발을 디딘 나는 한 달 봉급으로 정부미 한 가마니와 8,000환이 든 급여 봉투를 받았다 그나마 어려운 살림을 꾸려나가시던 어머니께 다소 도움이 되었다. 당시 아버지께서는 한약방을 세로 내주고 회사에 다니셨다.

세월은 정말 빨라 10년이면 강산이 변한다고 했는데 벌써 여덟 번이나 변했다. 국민소득 60~80달러를 딛고 지금은 30,000불 시대를 맞아 부를 누리고 사는 우리나라를 보면 정말 대단한 국민이요 베풀어 주신 하나님의 은혜가 크다고 생각된다.

팔순을 맞이하여 온 가족이 가까운 일본 북해도에 가기로 했다. 휴가를 같이 받기가 힘들어 겨우 절충한 8월 초, 총 23명 중 6명이 빠지고 17명이 3박 4일을 함께 하였다. 삿포로에서 전세낸 18인 버스가 딱 알맞았다. 애틋한 가족애를 느낄 수 있었다.

두어 시간 걸려 오타루에 도착, 깔끔한 일식으로 점심을 함께하고 운하를 거쳐 일본 특유의 쇼핑센터로 갔다. 아주 작은 소품이면서도 눈길을 끄는 선물 용품들이 아기자기하게 진열되어 있고 멋과 실용성을 잘 보여주고 있었다. 다시 버스로 두어 시간 걸려 북해도의 산악지대에 자리 잡은 루쓰스리조트로 향했다. 갖가지 시설이 골고루 갖추어진 아름다운 리조트 마을이었다. 2세대의 아들딸, 며느리, 사위들은 골프로, 3세대 손주들

은 계곡에서 래프팅으로 우리 내외는 8월 북해도의 신선하고 깨끗한 공기를 마시며 산책을 마음껏 즐겼다

이튿날은 모두 놀이 공원에서 각자가 선택한 기구를 무제한으로 이용할 수 있었다. 리조트에서 주는 이용권을 목에 걸고 3박 4일 동안 아무 때나 이용할 수 있다는 것이 손주들에겐 그저 즐겁기만 했다. 주일엔 가족예배를 드렸다. 사회는 둘째 아들, 기도는 셋째 사위, 말씀은 남편, 하여튼 대단한 수준의 자녀 손들 앞에서 조직적인 열변으로 신앙의 실천면을 강조했다.

케이크를 절단하고 우리 몰래 언제 편집하였는지 DVD영상을 호텔 벽에 띄웠다. 지난 추억을 집약해서 보여 주어 감명이 깊었으나 정작 아쉬운 점이 많았다. 절실한 자료는 우리가 다 가지고 있는데 몰래 하느라고 저희들이 가진 자료를 모두 모았나 보다 하여튼 깜짝 쇼에 감동을 받았다.

우리 가족의 프로필

50대에 들어선 딸 셋과 40대의 아들 둘, 사위 셋, 며느리 둘, 이 다섯 커플들은 모두 신기하게 동갑내기들이다. 그들은 각자 자기들의 전공분야에서 동에 번쩍 서에 번쩍 맡은 일에 최선을 다 하느라 바쁘다.

내 생각엔 모두가 하나 같이 귀한 존재인 것 같다. 자식 자랑 반 푼이라고 했는데. 그러나 그들도 때로는 상대적인 빈곤에 고민할 때도 있다. 시어머님께서 다섯 아이를 양육하시느라고 고생고생을 하셨지만 늘 보람과 즐거움으로 삶을 누리셨던 모습이 엊그제 같은데 벌써 강산이 네다섯 번 바뀌면서 슬하에 손주들이 11명이나 되었다.

나는 그들의 프로필을 소개하면서 받은 축하 메시지들을 덧붙인다.

* 장손 우병준(맏아들 동혁과 최애란의 소생)

우병준, 우리 손자는 유아 시절부터 어머니와 함께 캐나다 미국, 호주, 피지 등 해외에서 보낸 시간이 많았고 늦게 본 동생 예준이와는 캐나다에서 오래 체류하면서 그곳 초등학교에서 공부를 했다. 캐나다 선생님들이 인정해 주는 수재이기도 했다. 귀국하여 강남에 있는 대명중학교를 수석으로(대상 수상)졸업하고 자사고인 휘문고등학교에 입학하여 역시 수석을 놓치지 않고 졸업한, 내가 생각해도 참 우리 손자가 그렇게 잘 했던가? 싶기도 하다.

고등학교 2학년 때는 국제 올림피아드 대회에 생물학과로 고종사촌 민우와 함께 국가대표로 나가 금메달을 따오기도 했다. 내가 생각하니 고2 때 고3들과 겨루어 대표로 뽑혔다는 것이 신통했고 서울대 의대도 수석으로 들어가 입학금과 등록금을 면제 받았다니 더욱 놀라운 사실이었다. 어느 날 아들 동혁이가 나 보고

"엄마, 병준이는 한국에서 공부하기 아까운 사이에요."

란 말을 했다. 아들이 의사이긴 하나 경제적인 면을 생각하는 것 같아 내가 맘이 약간 짠했다.

"애비야, 앞으로 그 아이에겐 얼마든지 기회가 있을 것이다."

하고 위로를 했다.

조부모님께

　지난여름 애석하게도 북해도 여행은 제가 함께하지 못하였지만 추석을 맞아 우리 가족이 한 집에 모여 귀한 시간을 보낼 수 있어 참 다행이라고 생각합니다.

　할아버지 말씀대로 가족 전원이 모인 것이 저도 놀랍고 덕분에 이 명절이 더욱 빛나게 된 것 같습니다. 저도 가족들 모습 보니 반갑고 앞으로도 이렇게 뜻 깊은 자리를 함께 할 수 있었으면 좋겠다는 생각이 듭니다.

　지금처럼 건강 잘 유지하시고 앞으로 좋은 일 가득한 가족이 되기를 진심으로 소망합니다. 늦었지만 팔순 축하드립니다.

2017. 10. 4

우병준 드림(서울대의대 본과 2)

* 둘째 손자 우예준 (맏아들 동혁과 최애란의 소생)

형 병준이가 초등학교 1학년 때 태어난 늦둥이

캐나다에서 유치원을 졸업하고 한국에 나와 초등학교 5학년 때 다시 도미, 샌프란시스코에서 초등학교를 졸업, 중학교 2학년 때에 귀국했다. 훤칠한 키에 미남이다. 지금 고 2, 대입 수능을 앞두고 공부와의 전쟁 속에서 고심하고 있다. 헐렁하고 여유 있는 외국 교육을 받다가 빡빡한 우리네의 입시 경쟁 속에서 매우 갈등을 느끼긴 하나 끈질긴 면이 있고 잘 적응해 나가고 있다.

할아버지 할머니

서울로 이사 간 이후로 많이 못 뵙게 되어 어릴 적 함께 했던 유일한 추억들이 생소합니다. 하지만 할머니, 할아버지의 팔순을 맞이하여 이런 여행을 온 가족과 화목한 분위기로 지내게 되어 정말 감사합니다. 앞으로도 이렇게 다 같이 모일 수 있는 기회가 많았으면 좋겠고 이번 여행을 계기로 할아버지, 할머니 또한 다른 가족 구성원들과의 관계에 있어서 한 걸음 더 나아간 것 같아 저에게는 매우 소중한 시간이었습니다. 항상 저를 위해 기도해 주셔서 감사드리고 저 또한 하나님의 자녀로서 기도 생활을 일상화하겠습니다. 감사합니다. 그리고 사랑합니다.

2017. 8. 8 삿뽀로에서
(경기고등 2학년)손자 우예준

＊ 셋째 손자 우예원(막내 동찬이와 채경화의 소생)

우예원은 이제 초등학교 3학년 우리 둘째 아들 동찬이의 소생이다. 맞벌이 부모의 양육을 받느라 갓난이 때부터 출근하면 우리 집, 퇴근하면 저의 집, 탁구공처럼 왔다 갔다 하면서 자란 예원이, 말을 배우자 말자 자동차에 관심이 커 수많은 자동차 종류의 이름을 달달 외우고 있었다. 그리고 200여종이 넘는 장난감 자동차를 컬렉션해서 잔뜩 쌓아 놓기도 하고 미국에서 데니얼이 오면 영어로 대화를 하고, 듣는 이마다 발음도 참 좋다고 한다. 금년(2017) 일본 가족여행 때는 대니얼이 한국의 풍습이나 말뜻을 잘 몰라 물으면 영어로 잘 해석해 주어 이해시키고 좀 신통했다.

할아버지, 할머니 팔순을 축하드려요
저는 형아, 누나들이 10명이고 저가 11번째 막내예요
어릴 적 저를 잘 돌봐 주셔서 고맙고요. 제가 의자 위에 서 있다가 앞으로 넘어져서 놀라셨지요? 이젠 괜찮아요. 삿포로 여행 때는 즐거웠어요. 지금까지 모두모두 고마웠어요. 오래오래 사세요!

범어초등 3학년 우예원

* 친손녀 우예린(예원이의 누나. 막내 동찬이와 채경화의 소생)

하나 밖에 뿐인 친손녀 예린이. 태어나서 4개월 지나 우리 집에 와서 자랐다. 두 돌이 되어 어린이 하바영어 유아원에 가게 되었다. 차에 태우면 할머니도 같이 가자고 울어 재꼈다. 3월부터 울기 시작한 것이 4월 초까지 갔으니 24개월 밖에 안 된 어린 것이 울 때마다 안쓰러웠다. 초등학교 5학년 때 미국 고모집에 가서 1년 유학을 하고 와서 영어로 제법 지껄이기도 하며 자신감이 넘치고 긍정적인 삶을 산다. 현재 정화중학 3학년이다. 지금은 꿈과 포부를 잔뜩 안고 고등학교 입학을 준비하고 있는 감수성이 예민한 소녀이다.

할머니, 할아버지 저 예린입니다.

이번 할머니와 할아버지께서 팔순을 맞이하셔서 이렇게 짧게나마 글을 적게 되었습니다. 어릴 적에 맞벌이를 하시던 부모님을 내신에서 시의 9년이전을 돌봐주신 조부모님 그때는 부모님의 얼굴을 자주 보지 못한다는 것이 큰 슬픔이었는데 이제 와서 생각해 보니 저에게 특별한 추억을 남겨주셨어요. 감사합니다. 앞으로도 함께 즐거운 추억을 만들어 갔으면 좋겠습니다. 이번에는 팔순 여행이지만 다음에는 백순(!) 여행이기를 기대

합니다. 사랑해요. 오래오래 건강하게 사세요.

2017. 8. 8.
정화중학 3학년 우예린

* 외손녀 염아림(맏딸 경인이와 염진섭의 소생)

염아림은 대원외고를 졸업하고 난 후 대학을 미국 휴스턴에 있는 라이스 대학에서 유학을 했다. 전공은 생화학과, 동생 유진이도 용인 외고를 졸업한 후 언니가 있는 라이스대학 영문학과로 자매가 함께 같은 대학에 유학을 하게 되었다. 여러 가지로 의지하며 부모의 부담도 덜어주어 다행이었다.

어느 토요일 우리 부부가 KBS1 방송 채널을 켜니까 '걸어서 세계 속으로' 란 프로가 시작되고 있었다. 텍사스 주 휴스턴이 나오니까 나는 '우리 아림이와 유진이가 있는 곳이네' 그저 그렇게 생각하고 보는데 아니나 다를까 유서 깊은 라이스 대학에 대한 영상이 뜨면서 학교의 소개가 이루어지고 학생들의 모습도 나왔다. 거기에 긴 머리를 늘어뜨리고 함박웃음을 터뜨리는 유진이가 학생들 사이에서 보였다. '어머나, 유진이…!'

우리 부부는 신기하고 신이 나서 보고 있는데 학교 교정을 비추면서 PD가 어떤 학생과 대담하는 모습이 나왔다. 마이크를

든 학생은 다름 아닌 아림이었다. '어머, 어머, 아림이…' PD
의 여러 가지 질문에 부끄럼쟁이 아림이는 생긋 웃으면서 적당
한 제스처로 대답하고 표현하는 모습이 스타 같아서 자랑스러
웠다.

지금(2017년) 아림이는 졸업 후 국내 이화여대 의학대학원 2
학년에 재학 중이고 유진이는 라이스대학 졸업반이다.

외할아버지, 할머니께

삿포로 여행에 함께하지 못해서 죄송해요 어린 시절
저희들이 아빠 엄마를 따라 센트루이스에 살 때 미시시
피 강에서 함께 유람선을 탔던 기억과 또 저녁에는 동
생 유진이와 사촌 지현, 영현에게 '쌍무지게 뜨는 언덕'
이란 긴 얘기를 들려 주셨죠, 참 재미있었어요. 그때 주
인공 은주 때문에 너무나 슬펐던 기억이 나요. 눈을 뜨
면 곧장 학교로 달려가서 후다닥 하루의 일과가 시작되
는 문수한 아림이에요. 기도해 주세요.

팔순을 축하드리며

서울에서 아림 드림
(이화여대 의학대학원 2년)

* 염유진(맏딸 경인이와 염진섭의 소생)

　　외할머니, 외할아버지

　　팔순을 맞이하셔서 축하 드려요!

　　미국으로 유학을 갔어도 매년 뵐 수 있어서 참 기뻐

요.

　　항상 가족 한 명 한 명을 위해 기도해 주셔서 감사해

요.

　　오래오래 건강하시고 행복하세요. 사랑합니다.

　　　　　　　　　　　　라이스대학 4학년 염유진

* 배소은 (둘째 딸 지인이와 배재철의 소생)

　배소은은 중학교 2학년 때 미국 미시간에 있는 이모(우리 셋째 딸)집에 의지해 중고등학교를 졸업하고 일리노이 주립 대에서 경영과 상담심리를 복수 전공하고 졸업했다. 귀국 후 현대백화점 그룹에 입사하여 일하고 있다. 사장님이 외국 바이어들에게 브리핑을 할 때는 옆에서 통역도 하고 자기 직업에 매우 만족하고 멋도 엄청 내며 키 168cm에 50kg 괜찮은 미인이다. 일본 유럽 등에서 연수도 자주하며 자기 자질을 매우 업그레이드하고 있다

외할머니 외할아버지께

　제 삶에 있어서 항상 큰 자극과 굳건한 버팀목이 되어주시는 두 분의 팔순을 진심으로 축하드립니다. 병원에서의 기억이 학교보다 더 많았던 것 같은 어린 시절부터 타지에서의 오랜 유학생활을 거쳐 회사에 취업을 할 때까지 돌이켜 봤을 때, 홀로는 해 낼 수 없었던 일들이 외할머니, 외할아버지의 사랑과 기도 가운데서 가능했었을 거라는 생각을 많이 해 왔습니다. 깨닫게 해주신 사랑, 앞으로 세상에 더욱 많이 베풀며 살아가도록 하겠습니다. 늘 감사드리고 사랑합니다.

2018. 2.16
손녀 배소은 올림 (현대백화점 압구정 본점)

* 외손자 배민우(우지인과 배재철의 소생, 소은의 동생)

말 수가 적고 의젓하며 애 영감님이다. 하나뿐인 외손자이다.
　4시간을 한 자리에 앉아 공부를 하고도 벌써 끝났는가? 더 했으면 좋을텐데 하는 공부벌레이기도 하고 서울 과학고등 3학년 때는 국제 올림피아드 대회 화학분야에서 한국 대표로 워싱턴에 가서 시험을 치고, 금메달을 따오기도 했다.

과학 분야로 나가겠다고 서울대 자연과학대학에 입학하여 한 학기를 하더니만 미국 보스턴에 있는 MIT 공대에 다시 입학하였다. 제 전공을 세계적인 인재들이 모인 곳에 가서 한 번 겨루어 보겠다나! 부모에게 효도 하느라고 그 까다로운 삼성장학금을 받게 되어 졸업할 때까지 전면 장학생으로 공부하게 되었다. 기특하게도 이번 학기에 과에서 1등을 하였다고 하니 정말 신통하기도 하고 인재인 것 같기도 하다.

학교 연구실에서 알바를 하여 번 용돈을 별로 쓰지도 않고 모으기만 하는 알뜰 구두쇠이기도 하고 정말 믿음직스러운 외손자이다.

　　외할머니, 외할아버지

　　성인이 되어보니 제가 이 화목한 가정에 태어난 것이 얼마나 큰 행운인지 깨달을 때가 종종 있습니다. 건강하고 행복한 우리 집안을 위해 항상 힘써주신 점 감사드리고 또 존경합니다. 미국에 있어 자주 뵙진 못하지만 항상 건강하시고 행복하시길 기도하고 있습니다. 사랑합니다!

　　　　　2017. 8. 8. 배민우 올림

　　　　　　　(MIT 공대 3학년)

* 권지현 (셋째 딸 인열이와 권의순의 소생)

권지현(제니 권)은 생후 2개월에 미국으로 유학 가는 아버지, 어머니를 따라 미시간 주 칼라마주에서 성장했다. 학교는 칼라마주 칼레지에서 과수석으로 졸업하고 취업을 하겠다면서 일단 한국으로 와서 아르바이트를 하면서 앞일을 계획하겠다고 한다.

현재 청담 어학원에서 일하고 있다. 학원에 취업한 현지 미국인들과 함께 생활하는데 모두 한국어를 모르지만 저만 안다고 일상생활에서 여러 가지 웃지 못할 에피소드를 들려주었다.

외할머니 외할아버지

미시건 지현이예요.

팔순을 맞이하셔서 축하드립니다!

어릴 때부터 미국에서 살다 보니까 자주 못 뵙게 돼서 아쉬운 점이 많았지만, 한국으로 오니까 외할머니 외할아버지 덕분에 많은 편안함이 느껴지네요.

아직도 대화를 나누는 것도, 자기 표현하는 것도, 한국말로는 서툴지만 계속 한국 생활을 하면서 노력할게요.

오래오래 건강하시고 계속 행복한 월드와이드 제트

세터(World wide Jetsetter)가 되시길 바래요.
Here's to another 80 years!

2017. 8. 7.
부산 청담어학원 권지현

* 권영현(킴벌리 권. 셋째 딸 인열이와 권의순의 소생)

영현이는 미국에서 태어나 전형적인 미국 아이로 자라 동양적인 생각이 자리하고 있는 부모를 잘 이해 못할 때가 많고, 좀 고집쟁이이기도 하다. 그러나 영리하고 샤프한 아이이다. 현재 시카고 근교에 있는 노스웨스턴 대학에서 컴퓨터를 전공하고 있다.

어릴 적에 하도 말을 안 들으니까 "너 이러면 여기 내려놓고 그냥 갈 거야." 한 부모의 말에 "난 그러면 경찰에 엄마 아빠를 고발할 거야!"로 당당히 대응하는 한국식 가정교육이 먹혀 들어가지 않는 아이였는데 지금은 당당히 아이디어 개발 전선에서 분투하고 있는 수재이기도 하다.

Grand Parents!

팔순을 축하드려요. 멀리 떨어져 있어 할아버지, 할머니와 함께한 시간은 적었지만 이번 삿포로 여행은 즐거웠어요. 또 지난날 시카고에서, 에반스빌에서, 센루이스에서, LA에서의 어린 시절 함께한 추억이며 또 나이아가라 폴에서 물을 뒤집어쓰고 웃었던 일도 생각납니다. 할아버지, 할머니 좋은 DNA을 주셔서 감사해요. 열심히 공부할게요.

삿포로에서 영현 올림 (노스웨스턴 대 3학년)

＊ 권나현(데니얼 권. 셋째 딸 인열이와 권의순의 소생)

딸 둘을 낳고 근 10여 년이 넘어 40대에 낳은 막내 딸 나현이, 땡그란 두 눈에 얼굴은 작고 솔직하니 큰 키에 꼭 미국 아이 같은 막내 외손녀, 데니얼. 지금 초등학교 3학년이다. 집에서는 제가 왕이고 온 식구가 비위글 맞춰주고 그렇게 철없이 가라지만 참 귀엽고 예쁜 아이이다.

Hello grandpa and grandma. I am Danielle.
I love grandma and grandpa.

I Work hard at 12th Street elementary school. I listen to my mom and dad.

I go to church and pray to god about my grandparents.

Grandma and grandpa live your life healthy and well,

Sincerely

Danielle Kwon

(미시건 초등학교 3학년 데니얼)

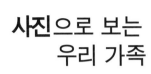

사진으로 보는
우리 가족

사진으로 보는
우리 가족

제3부 해외 여행

첫 번째 여행(연수)을 하면서

경인, 지인, 인열, 동혁, 동찬에게

여태껏 제주도에도 한 번 가보지 못한 엄마가 글쎄, 처음 타 보는 비행기가 아니겠니?

그런데 불행하게도 내가 앉을 곳을 찾으니 하필 F좌석이라 창가가 아니고 한가운데 자리였단다. 한국에서 하와이, 하와이 에서 로스앤젤레스 다 그랬단다. 그래서 착륙, 이륙 시 내려다 보이는 경치를 하나도 구경하지 못했다. 그저 목만 빼내 보다가 포기하고는 창가에 앉아있는 사람에게 카메라를 주면서 사진 만 몇 장 찍어 달라 부탁했었단다.

그런데 한국에서 저녁 8시경에 비행기가 이륙했는데 새벽 1 시 반쯤 되었나 싶더니 동녘이 훤해지면서 새벽 2시가 되니까 날이 하얗게 다 새어 현지 아침이 되었다. 그게 바로 하와이 시 간으로 아침 7시경이었다. (날짜는 그대로)

　하와이는 정말 낙원 같은 곳이었다. 호놀룰루에 도착해서 와
이키키 해변 가에 있는 와이키키 리조트호텔에 여장을 풀고 호
텔에서 2분만 걸어가면 야자나무가 쭈삣쭈삣 서 있는 와이키키
해수욕장이다. 정말정말 멋이 있었다. 2박 3일 뱅뱅 돌면서 구
경한 것은 다음에 사진 보며 이야기해 줄게….

　오늘은 또 비행기 KE 006을 타고 LA에 도착. 지
금 MIDTOWN HILTON HOTEL 1256호실에 여장을

풀었다. LA는 정말 넓은 곳이야. 좌우 눈이 모자랄 정
도로…, 그런데 고층 건물은 별로 없고 나지막한 집들
이 정리된 도로망 사이에 질서 정연하게 서 있었다. 지
진대이기 때문에 높은 빌딩은 못 짓는가 봐. 하여튼 길
가에 걷는 사람은 별로 없었으며 저녁 7시 이후로는 혼
자 나가지 못하게 하고 좀 살벌하다. 하와이와의 시차
가 3시간 그래서 또 하루 24시간에서 3시간을 빼야
한다. 하와이 시간으로는 저녁 8시인데 LA시간은 벌
써 밤 11시다. 엄마는 곧 수면제 반 알 먹고 자야겠다.
그리고 내일은 코행카국민학교와 할리우드 유니버설 스
튜디오에 갈 예정이다. 주일(한국 월요일)에는 하와이
한인교회에 가서 기도하고 싸인만 하고 왔다.

　이 편지가 내가 귀국하기 전에 너희들이 볼 수 있을
는지 모르겠구나.

　　　　　　　1989년 9월 4일(월)
　　　　　LA HILTON HOTEL에서 엄마가

제34단 초·중등교원 국외 시찰 연수

미국 - 캐나다 연수기 (1989년 9월 2일~9월 15일)

지상천국 하와이로! 일선교사에게 주어진 국외시찰 연수의 좋은 기회를 부여 받아 서울에서 3일간 사전연수를 받은 우리 34단 30명은 전국에서 선발된 선생님들로 구성되어 있다. 9월 2일 저녁 7시 20분 KE 006편으로 김포공항을 출발해 하와이로 향하였다. 나는 52세가 되도록 비행기를 한 번도 타 본 적이 없다. 제주도도 못 가 봤으니 이륙 후 창공을 향해 고도를 높이니 잠시 구름 속을 헤매던 비행기는 밝은 우주 공간으로 불쑥 솟아올랐다. 아래쪽에는 구름, 바다가 깔려 있고 정말 신기하고 놀라운 경험이 지금부터 시작된다. 잠을 자야 하는데~ 그러다 보니 새벽 1시가 지나고부터 날이 훤히 밝기 시작했다. 현지 시각 8시 30분경 호놀룰루에 도착하니 그곳 안내원이 친절하게 맞으며 '플로메리아' 란 꽃목걸이를 걸어 주었다. 꽃도 아름다웠지만 그 향기가 너무나 그윽하여 선잠을 확 깨워주는 듯 했다.

　먼저 플로네시안 민속촌으로 갔다. 그곳은 하와이 원주민의 토속생활을 재현한 곳으로 많은 관광객들이 몰려 있었다. 엉덩이를 마구 흔들어대는 훌라 춤, 원색 미인들의 유연한 몸매를 과시하는 춤, 어릿광대의 불춤, 옛 원주민 추장의 신비한 방 등 볼 것이 많았다. 공기는 깨끗하나 햇볕이 너무 강렬했다. 그러나 그늘에 들어서면 아주 시원했다. 넓게 펼쳐진 사탕수수밭을 지나 파인애플 농장에 와서 즉석에서 갈아주는 파인주스를 70센트 주고 샀다. 얼마나 맛이 있는지 그 맛의 진수를 어찌 다 말할꼬? 가수 엘비스 프레슬리의 별장도 보고 다음은 바람산이라 불리는 윈드워드로 갔다. 바람이 얼마나 센지 몸이 날아갈 것 같다. 주일날은 80년 역사의 한인 기독교회를 찾아 기도를 드리고 이승만 박사 동상 앞에서 교포 할머니의 얘기를 들었다. 참으로 한인사회의 구심점이 된 교회이었다.

제1분화구 펀치볼의 국립묘지와 이올라니 궁전, 제2분화구 다이아몬드 헤드, 제3분화구 하나우마베이, 여기는 와이키키 해변과 같이 수영을 즐기는 자들이 많았고 이색적인 것은 30~40cm길이의 물고기 떼들과 함께 수영을 한다는 것이었다. 나는 옷을 걷고 들어갔으나 고기가 여유작작하며 하나도 도망가지 않았다. 정말 신기했다.

3일째는 지상천국과 같은 하와이를 뒤로 KE 006으로 LA에 도착하였다. 서울시 11배의 면적과 1,200만의 인구로 미국 서해안 최대의 도시였다. 인구 약 60만이 거주하는 코리아타운에서는 여기가 한국이 아닌가? 간판도 한국어로, 또 9월 둘째 토요일엔 '올림픽 한국'이란 퍼레이드가 열릴 것이라고도 했다. 미드타운 힐튼호텔에 여장을 푼 우리는 내일 일정 코행카국민학교 방문을 위해 일찍 수면을 취했다. 나는 잠들기 전 고국에 있는 5남매에게 호텔 편지지로 몇 자 소식을 적어 보냈다.

이튿날 코행카국민학교에 들어서니 '안녕하세요?'라고 커다랗게 한글로 쓴 인사말이 우리를 반기고 있었다. 미국 1,500여 교육구 중 학생 60만 교사 3만의 통합 교육구의 LA는 서울시의

약 1/4 규모라고 했다. 코행카국민학교는 연중 로테이션 교육을 하고 있으며 (2/3교육 1/3휴학) 한국 교육에 관심이 많다고 했다. 호스키 교장은 언어를 잃으면 문화도 잃는다고 하면서 한국 어린이들에 대해 많은 배려를 한다고 했다. 교실 방문 중 다양한 얼굴의 예쁜 어린이들이 약 20명~25명씩 듬성듬성 앉아있는 모습들을 보며 콩나물 교실인 우리네의 북적거림과 비교가 되었다.

학교의 중요 멤버들과 진지한 미팅 후 학교의 여러 곳을 참관하고 기념촬영을 했다. 참으로 선진 교육이었다. 우리들도 언젠가는 따라잡을 것이다.

오후에는 영화산업의 본산지인 유니버설 스튜디오에서 '킹
콩' 제작 과정과 모형세트에서 실감나는 움직임을 둘러보고,
죠스가 물속에서 불쑥 솟아올라 깜짝 놀라기도 하였다.

중국 극장 앞길에선 유명 스타의 수족 사인들을 보며 그린피
스 공원의 천문대에 올라갔다. LA 시가지를 조망한 후 차이나
타운, 리틀 도쿄를 버스로 천천히 관광하면서 우물 안 개구리
였던 나는 갑자기 이 넓은 세상으로 뛰어 나와 보는 것 하나하
나가 놀랍기만 했다.

다음은 즐거운 환상의 나라 디즈니랜드로 갔다. 디즈니랜드
는 9만 평의 대지와 12만 평의 주차장 시설을 확보한 세계 최고

의 꿈과 놀이의 동산이다. 나는 마주하는 곳마다 너무나 신기하고 놀라워서 눈 둘 곳을 몰랐다. 메인 스트리트 모험의 나라, 뉴올리언주 광장, 곰 나라, 개척의 나라, 환상의 나라, 미래의 나라, 등등 여러 가지 테마로 구성되어 있었다.

아직도 기억에 남는 환상의 나라(작은 세계)는 보트를 타고 동굴 속으로 들어가면 각 나라의 특색이 펼쳐졌다. 인형의 춤과 아름다운 색의 조명, 은은히 울리는 음악, 완전히 우리를 꿈의 세계로 몰아넣고 있었다. 고개를 좌우로 돌려가면서 '아!아!' 를 연발하며 감상하는 중 어! 그곳에 우리나라 인형들의 춤도 있었다. 옛 무관들의 모습을 한 인형들이 음악에 맞추어 즐겁게 춤을 추고 있었다. 우리가 이용한 것은 6가지 정도였는데 즐거운 비명, 또는 공포의 아우성 등으로 하루를 즐겼다.

이튿날은 AA 1122기로 산호세를 경유하여 드디어 캐나다의 국경을 넘게 되었다. 비행기에서 내려다 본 시야에는 험준한 로키산맥이 이어지면서 높은 봉우리엔 희끗희끗한 만년설이 덮여 있었다. 밴쿠버공항에 도착하여 잠시 시내를 관광하였다. 넓고 깨끗한 나라, 초록빛 잔디에 다리를 길게 뻗고 책을 보고 있는 학생들! 참 한가롭고 평화스러운 모습이었다.

델타리버인호텔에서 휴식을 취하고, 친절한 모닝콜을 받으면서 하루의 일과가 또 시작되었다. 오늘이 벌써 여행 7일째였다.

오늘은 6111번지의 웨이버리국민학교를 방문하게 되었다. 우리나라는 '학교' 하면 1, 2, 3층 대형 건물과 넓은 운동장인데 이곳의 학교들은 편안한 대저택 같은 느낌을 주어 현관에 들어서니 비로소 복도와 교실이 있고 아이들도 보였다. 켄헤이콕 교장은 주정부 책임하의 교육제도와 교과과정에 대해 자세히 설명해 주었다. 웨이버리는 개별, 개인, 자학 자습 등을 통하여 능력별 교육을 실현하고 있으며 55%의 외국 학생들을 지도하는데는 저학년 교사가 언어 때문에 힘이 든다고 하였다. 캐나다는 세계에서 두 번째로 큰 영토를 가진 나라로 면적은 약 998만㎢에 인구는 약 2,500만 명인데 언어는 주로 영어와 불어를 사용하고 있었다. 여기에 각 나라에서 이민 온 사람들의 언어가 다

양하여 특별시간에 이 어린이들을 위하여 바이링걸(언어) 교사
를 채용하여 개별지도를 한다고 했다.

전원의 도시 밴쿠버에서 스텐리 공원과 퀸 엘리자베스공원을
보면서 아름다운 자연과 태고 적 천연림! 아가자기하게 아름다
운 꽃과 나무들을 의도적으로 놓아 모형과 글자를 표현해 놓은
것들, 아! 정말 우리들만 보기에는 너무 아까웠다.

선박을 이용하여 빅토리아 섬으로 갔다. 부차드 가든! 너무나
놀라웠다. 어쩌면 세계 여러 나라의 정원들을 그리도 아름답게
꾸며 놓았을까? 각양각색 꽃들이 흐드러지게 피어 있고 푸른
잔디밭과 오솔길, 언덕과 바위틈 곳곳에 조화롭게 꾸며진 이 정

원! 자연과 인공의 조화가 너무도 황홀하고 아름다워 꿈속을 헤매는 듯 했다.

부차드가 그의 아내를 위해 만든 정원이라고…. 정말 대단했다. 이곳은 사회보장제도가 잘 되어 있어 섬 주변의 아름다운 해변에 세워져 있는 APT에서는 노후를 즐기는 부부들이 이 천혜의 아름다운 자연환경 속에서 멋진 삶을 누리고 있었다.

아름다운 전원의 도시 밴쿠버를 뒤로 A.C 142기로 나이아가라 폭포로 향했다. 토론토는 엄청 큰 도시였다. 말로만 듣던 나이아가라 폭포, 와아 깜짝 놀랐다. 캐나다 쪽에서 보는 U자 형의 폭포 얼마나 거대한지? 나이아가라 강이 온타리오 호를 향하여 북쪽으로 흐르는 도중 절벽에 걸려 약 50~60m의 낙차로 마구 소리치며 흘러내리는 곳을 우리는 우의를 입고 선박을 이용하여 폭포 가까이로 들어갔다. 물벼락의 안개 속을 헤매면서 와! 대자연의 신비! 두려움과 설렘이 가슴을 흔들었다. 전망대에서 폭포의 전모를 내려다보면서 창조주 하나님의 위대하심을 찬양하지 않을 수 없었다. 토론토는 이 자연 자원 하나로도 경제 정책을 좌우한다고 했다.

아이비호텔에선 특별한 만남이 있었다. 14년 전에 미국으로 결혼을 하여 온 둘째 남동생 임신웅의 가족들을 만났다. 처 안경혜, 딸 이봔, 아들 휴, 막내 세라, 이 넓은 캐나다 땅에서 십수

년을 만나지 못했던 동생네 가족들! 얼마나 반가웠는지! 막내를 업고는 빙빙 돌았다. 그들은 미국 디트로이트에 생활 터전을 잡고 잘 살고 있었다. 누나가 온다는 소식을 듣고는 승용차로 7시간 걸려 토론토 이 호텔까지 왔다. 근사한 저녁을 대접받았다. 호숫가의 큰 여객선 안에 있는 식당에서 랍스타 요리를, 나는 난생처음 먹어 본 요리였다. 커다란 바닷가재를 잘 구워 가지고 집게로, 칼로 단단한 껍질을 부수고 자르니 속에서 하얀 육질의 살이 툭 불거져 나왔다. 쫄깃쫄깃하고 너무나 맛이 있었다. 게 살 하고는 비교가 안 되었다. 호텔로 돌아와 이런저런 이야기를 하다가 아쉬운 작별을 하게 되었다.

"얘, 너 꼭 한국에 한 번 나와라."

모든 단원들도 14년 만에 만나서 그렇게 헤어지느냐? 하면서 아쉬워해 주었다.

이튿날은 CN 타워와 시 청사를 돌아보고 토론토를 출발하여 뉴욕의 라가디아공항에 도착한 시각은 9월 12일 화요일 12시가 넘어서였다. 즉시 오후 관광을 위해 뉴욕 시내로 들어갔다. 와! 사진이나 영화에서 보던 그 빌딩 숲, 마천루! 전용버스로 시가지를 지나는데 길 양쪽의 건물들이 너무나 높아 도로가 좁은 것 같고 무슨 터널 속을 통과하는 듯한 느낌이 들었다. 유엔본부, 센트럴파크를 둘러본 후 북쪽 흑인의 반항 거리 할렘을 지나게 되었다. 높은 빌딩이지만 유리창은 깨어지고 너덜너덜한 천 조각이 흩날리는 빈민가를 통과할 때 아, 세계적인 도시 뉴욕에도 이런 곳이 있는가? 암적인 존재라고 생각했다. 다음에는 뉴욕의 자존심 엠파이어스테이트 빌딩을 올랐다. 60층까지는 고속 엘리베이터를 이용했고 86층까지 올라가 좀 둘러보고 난 후 102층 전망대까지 올라갔다. 사방을 죽 둘러볼 수 있었다. 세계 여러나라 관광객들이 붐비고 있어 서로 부딪쳐 가면서 뉴욕 시가지를 내려다보았다. 저 멀리 허드슨강도 보이고 세계무역센터며, 눈 아래 빌딩들은 내 눈을 찌를 듯이 솟아올라 있었으며 길에는 성냥갑보다도 더 작은 자동차들이 오가고, 어째 좀 아찔한 느낌도 들었는데 건물이 좌우로 약간 움직인다고 들었다. 1930년대 공황기에 이런 건축들을 올렸다니!

다음은 100년 동안이나 짓고 있다는 요한 대성당 앞에 내렸다. 아직도 한 조각가가 묵묵히 성스러운 작품을 조각하고 있었다. 교회 내부는 장엄했다. 나는 몇 가지의 유인물들을 챙기고 기도를 하고 물러나왔다. 콜롬비아 사유지라는 록펠러 센터로 갔다. 죽 둘러보면서 도시 속의 도시라 일컬어지는 이곳은 19개 동의 고층 빌딩이 자리하고 가는 곳마다 거대하고 새로운 선진국의 면모를 보면서 국제화의 길로 갈 미래의 우리 어린이들을 위해 교원의 안목을 높여야 함을 이 여행을 통해서 절실히 느꼈다.

오늘은 뉴저지 주의 '린드버그' 스쿨을 방문했다. 825명의

학생 중 300여 명이 한국 학생이라고 했다. '빌보드' 교장 선생님이 전반적인 교육프로그램을 소개하고 나서 한국 학생들은 영어가 좀 부족한 점도 있지만 수학을 꽤 잘 한다고 칭찬을 하였다.

개성 신장과 소질 개발 및 체험교육을 위한 시설이며 학교 자체적인 전시회, 연주회, 뮤직, 아트, 스페셜 룸, 컴퓨터실 운영 등을 그곳 한국 교사들로부터 성실히 소개를 받았다. 귀한 손님이라고 양식으로 점심 대접을 받고 우리 일행 30명은 리버티 섬으로 향하였다.

왼손에 독립선언서, 오른손에 횃불을 높이 든 46m 높이의

'자유의 여신상' 미국 독립전쟁 후 미국과 프랑스의 우호관계
를 기념하여 1885년 프랑스 시민이 미국시민에게 선물한 것이
라고 했다. 앞 사람에게 콧등이 찍힌다 해서 여신상 내부를 통
해 전망대까지 올라가는 것은 포기했다. 이제 여행의 막바지가
되어 가니 카메라의 필름도 거덜이 났다.

13통이나 가져왔는데 이제 1통 밖에 남지 않았다.

여러 가지 에피소드도 많았다. 옆방의 여선생님들이 우리 방
에 와서는 자기들 방에는 이불이 없다고 했다. 침대 커버를 벗

기면 정리된 침구가 나오는데 그걸 몰라서 하룻밤은 커버 위에서 그냥 잤다고 한다. 우리는 또 배를 잡고 웃고….

또 넓은 디즈니랜드에서는 화장실을 못 찾아 쩔쩔 매기도 하고, 또 물을 갈아 배탈이 난 선생님 한 분은 먹지도 못 하고 2주일 내내 고생하는 것을 보니 안타까웠다.

쇼핑점에 들어가면 "저팬이냐?", "차이니스트?" 아니 우리는 한국 사람이라고 "88 올림픽코리아" 하니까 "아, 아~ 안녕하세요?"라고 했다. 각 나라의 인삿말을 외우고 있는 것 같았고 88 올림픽이 우리나라를 국제사회에 한층 업그레이드시킨 것 같았다.

13박 14일의 연수 여행이 아쉬운 가운데 끝나게 되었다.

우리는 6명씩 5조였는데 3조는 여자 선생님만 여섯 분이었다. 다음에 또 만나요. 우리는 이국땅에서 아쉬운 작별인사를 하고 케네디공항에서 KE 25편으로 알래스카에 도착하였다. 공항 내에서 황량한 바깥 경치를 보며 얼마나 춥던지 으스스함을 느꼈다. 쇼핑도 좀 하고 그곳 교민 점원과 알래스카의 생활상도 들었다. 삶의 현장에 강한 분들 같았다. 그럭저럭 지루한 비행 후 김포공항에 도착했을 때는 우리를 반겨주는 고국이 너무도 고마웠다.

금강산을 다녀와서

동해항에 도착했을 때도 날씨는 찌뿌둥했으나 설레는 마음으로 봉래호에 승선했다.

승무원들이 거의 외국인이었으나 서투른 한국말로 반갑게 맞아 주었다. 전국에서 모인 교원이 860여 명이나 되니 승선 시간도 꽤나 걸렸다. 여러 가지 주의 사항과 선상에서의 생활 수칙을 들으며 모든 선생님들은 질서 있게 행동해 주었고 승무원들도 승객이 상당한 수준의 선생님이라 신경을 써서 서비스를 잘하는 것 같았다. 호텔 같은 객실에서 푹 자고 나니 벌써 장전항에 도착했다.

선창 밖에 보이는 산야는 무엇이 다른고, 한 발을 북녘 땅에 내딛는 순간 그 감회야말로 어찌 표현하랴! 50여 년이 넘게 분단된 조국의 땅이었으니!

입국 수속이 끝나자 즐비하게 늘어선 현대 차에 각 조별로 승차를 하고 구룡폭포 코스로 달렸다. 차창 밖으로 보이는 온정리 마을은 규칙적인 기와집이 나란히 똑 같은 모양으로 지어져 있었으나 우중충하고 전혀 손이 가지 않은 허술함이 보였고 아낙들과 아이들은 간혹 손을 흔들어 반기는 인사를 하나 우리의 60년대 차림 같고, 어른이나 아이 없이 모두 왜소한 체격들이었다.

마을 한 가운데에 온정리의 인민학교가 서 있었다. 일행이 모두 선생님이시라 '학교다' 하면서 고개를 돌리니 그 황폐한 모습에 창문만이 뻐꿈한 인상을 주면서 획 지나가 버렸다. 수십 미터 간격으로 서 있는 경비병들은 돌덩이인양 부동자세로 시선도 주지 않고 서 있었다. 차창 밖으로 내다보는 우리들의 얼굴을 보고 무엇을 느낄까? 하는 생각이 들었다.

버스에서 내려 도보로 등산길에 올랐다. 신계사 터, 목란관, 앙지대, 삼록수, 금강문을 지나 옥류동에 이르니 흘러내리는 물이 맑은 옥 빛깔이었다. 낙엽 하나 안 떨어져 있고 녹색말도 보이지 않는 그야말로 맑디맑은 물이었다. 도대체 고기가 살지 않으니 흘러니 맑은 물인가! 걸어가면서 쳐다보는 산, 계곡, 숲, 바위, 등. 아! 정말 말로만 듣던 금강산, 이것이 금강산인가? 90도 각도의 상팔담을 자신이 없어서 포기하려다 억척같이 올라가 보았다. 나 자신과의 싸움이었다. 정상에서 골 깊숙이 내려다보니 선녀들이 하강해서 목욕을 했다는 전설의 연못들이 옹기종기 파란 물을 담고 있었다. 사방의 아름다운 경치는 어찌

말로 다하랴! 지친 몸으로 하산하여 구룡폭포에 이르렀다. 엄청
난 높이의 폭포였다. 맑은 물이 내려 꽂혀서 파인 웅덩이도 꽤
나 깊어 보였다. 맑은 물을 떠서 그냥 마시고, 지친 다리로 걸어
내려오면서 자연이 잘 보전 되어 있다는 것은 곧 우리를 건강하
게 살 수 있도록 배려해 준다는 것을 느끼고 반성을 했다.

　다음날 코스는 만물상 코스였다. 14.6km는 버스로 구불구불

하게 들어갔다.

'당이 허래문 해요.' 라고 하면서 두 달 안에 완성시킨 도로라고 하는데 비포장 도로였다. 하차하여 사방 병풍 같은 산을 목이 아프게 쳐다보고 탄성을 울렸다. 기기묘묘한 형상을 이룬 바위 상들이 산꼭대기에 즐비하게 늘어서 있기 때문이다. 소로를 걸어가면서 '야! 야!' 하니 가이드가 "걸어가면서 보지 말고, 일단 멈춰 서서 보라."고 하였다. 한 발만 잘못 디디면 아차 하기 때문이다. 어저께의 무리한 등반으로 근육이 당기긴 하나 이를 물고 전망대까지 올라갔다. 제1전망대, 2전망대, 3전망대까지 올라 운무가 적당히 깔려 있는 운치 있는 계곡을 내려다보며, 금강산을 한 번 보고 죽는 것이 소원이라던 중국 어느 시인을 생각해 보았다. 기념사진을 찍으려고 하니 좁은 전망대에 차례가 돌아오지 않았다. 워낙 많은 사람들이 한꺼번에 올라왔기 때문에 앞이 차이고 뒤가 밀리고 하기 때문이다. 그러나 이 얼마나 좋은 혜택을 받은 관광인가? 선생님들 모두가 감사하게 생각했다. 나는 '주 하나님 지으신 모든 세계 내 마음속에 그리어 볼 때…' 라 찬송이 저절로 나왔다.

예쁘장한 북한 안내원들이 요소요소에서 길 아닌 곳으로 가지 말라고 주의를 준다. 민영미 씨의 사건도 있고 해서 우리들 모두는 말조심을 하고 '안녕하세요? 수고하십니다.' 정도의 말 외에는 별로 하지 않았다. 우리들의 울긋불긋한 등산복 차림과 등산화, 운동화, 모자 등을 물끄러미 보는 것 같았다.

한 안내원이 "남조선에서는 몇 가지 색깔로 배급을 주나요?" 하는 질문에 어떤 여선생님이 우리는 배급을 받지 않고 사 입는다고 대답을 했다. 60년대의 초라한 운동화와 수수한 블라우스에 회색 바지를 입고 있는 여 안내원은 연연하고 눈빛이 아름다웠다.

우리가 화해와 협력으로 민간 차원에서 동족간의 이질 문제를 좁히고 언젠가는 통일된 조국에서 살아야 하지 않겠나를 생각하면서 이 햇볕정책에 비판과 역설 등을 했지만 와서 보고 느끼니 참 그렇구나 하는 수긍을 얻게 되었다.

온정리에서 평양 교예단의 서커스를 25$이나 주고 관람했다. 한마디로 잘 했다. 얼마나 갈고 닦은 기예인지 보기만 해도 그 훈련 과정이 끔찍스럽게 상상되었다. 공훈 배우 리ㅇㅇ 하면서 소개하는 사회자는 공연을 다 마치고 난 뒤 우리들의 박수 소리에 감격하여 "동포 여러분, 반갑습네다." 하고 서너 번 연속으로 인사를 되풀이하면서 고개를 조아렸다. 금강산에는 왔지만 안내원 외에 가까이에서 볼 수 있는 유일한 북한인이었다. 공연자들이 모두 나와서 미소 띤 얼굴로 손을 흔드는 것을 보고 분단의 서러움을 다시 한 번 느껴보았다.

버스 안에서 창밖을 내다보며 가이드의 설명을 들어본다. 이것은 달고 맛있는 배라고 김일성 수령님께서 ㅇㅇ배라 이름을 지어 주었고 저것은… 하면서 소개를 했지만 그 농작물들은 어찌나 보잘것없고, 또 경작지마다 풀도 많고 풍성하지 못했다.

우리가 동해에 도착해서 대구까지 오면서 차창 밖 우리네 땅에서 자라고 있는 우리 농작물을 보고 싱싱하게 잘 자라고 있구나! 북한과 비교해서 너무나 차이가 난다고 이구동성으로 말을 했다. 그들은 협동농장이기 때문에 자기 것을 경작하는 것처럼 알뜰히 하지 않는 표가 나고 있었다.

후일에 있을 통일을 생각하며 우리는 공산주의는 밉지만 동포들이 굶주리고 못 사는 것을 생각할 때 가슴이 아프다. 서독처럼 통일 후에 고생을 하는 아픔을 겪더라도 우리는 이 일을 감수해야 하지 않겠나 하는 생각을 해 보았다. 참으로 국민 수준이 높아져서 평화적인 통일이 된다면 더 바랄 것이 있겠는가?

호주, 뉴질랜드를 다녀와서

2002년 1월 10일 해외 순회 연주 출발!

몇 개월 전부터 마음의 준비를 하고 며칠 전부터는 짐을 꾸렸다. 드디어 대구공항으로 출발할 때는 소풍 가는 어린이처럼 마냥 즐겁기만 했다. 나는 몇 번의 해외여행을 한 일이 있었지만 이번 여행은 해외 순회 연주라는 목적이 뚜렷한 여행이어서 한층 마음이 뿌듯했다. 120여 명이 넘는 엄청난 수의 단원이 머나먼 남반구까지 여행을 떠난다니 '야, 이거 보통 일이 아니겠구나!' 란 생각에 이런저런 걱정이 한두 가지가 아니었다.

그러나 질서 있고 한 치의 오차도 없이 일사 분란하게 여정이 이루어지는 데는 정말 놀라웠다. 단장 이하 임원들이 얼마나 사전 준비를 애쓰며 했을까? 싶기도 하고 참 고생도 많이 했겠구나 싶었다.

지루한 기내의 시간도 어느덧 지나고 시드니공항에 착륙했

을 때는 '아! 하나님 감사합니다.' 나는 하나님께 가슴 깊이 감사를 드리며, '주 하나님 지으신 모든 세계' 찬양을 단원들과 함께 소리 높여 불렀다. 시드니공항에 울려 퍼지는 우렁찬 찬양 소리에 외국인들이 경이로운 표정으로 우리들을 바라보았다.

세계 3대 미항 중의 하나인 시드니는 정말 아름답고 자연이 잘 보존된 나라였다. 사진으로만 보아 왔던 그 유명한 오페라하우스와 하버브리지! 특히 오페라하우스 앞에서 단복과 한복을 갖추고 찬양을 했을 때는 정말 뜻 깊은 감격을 느꼈다. 이민교회인 시드니 중앙장로교회에서 주일 예배를 드리며 찬양과 연주 순서를 가졌다. 장로님들은 너무나 진지한 태도로 참 잘

부르셨다. 모든 교인들이 얼마나 경청하고 감동스러워 하는지! 나는 한 곡 한 곡 부를 때마다 너무 아쉽게 넘어가는 것 같은 느낌이 들었다. 참으로 은혜로웠다. 그것은 이국의 하늘 아래서 부르는 찬양이었기에 더욱더 감격스러웠던 것 같다.

아직도 블루마운틴에서는 산불이 진화되지 않아 시야가 흐리고 드넓은 숲 사이에서 연기가 자욱하니 오르고 있었다. 참으로 안타까운 일이었다. 아쉬운 시드니를 등 뒤로 하고 뉴질랜드 남섬에 있는 크라이스트처치로 향했다. 정말 자연이 살아 있는 싱그러운 정원의 도시였다. 이튿날 우리 1, 2, 3, 4호의 차량은 캔터베리 대평원을 따라 퀸스타운으로 향했다. 달려도 달려도 끝없는 대평원이 이어져 있어 정말 그 광활함에 또 한 번

감탄했다. 거의 네모반듯하게 경계 지어진 초원에는 양떼들이
한가로이 풀을 뜯고 있었다. 수백 마리, 아니 수천 마리일까? 휙
휙 지나는 차창 밖으로 그 수를 가늠할 수는 없으나 넓디넓은
초록 바탕에 점점이 하얀 곡선들이 움질움질하는 모습들은 정
말 평화스러운 광경이었다.

두어 시간을 달렸을까 그제야 나타나는 서든 알프스산맥이
저만치 병풍처럼 죽 드러났다. 맑은 호수, 푸른 초원, 코발트빛
의 하늘과 적당히 조화를 이룬 흰 구름 사이로 아련한 만년설의
봉우리들이 희미하게 보였다. 정말 하나님께서는 우리 인간들
에게 이렇게 좋은 자연을 주셨구나! 절로 탄성이 터졌다.

퀸스타운에서는 산장 같은 호텔에서 여정을 풀었다. 밤 10시

가 가까웠는데도 밖은 아직 환했다. 화장실 물의 소용돌이, 초
승달의 모양, 4계절 등이 우리와 정반대인 것 등이 특이했다.
이튿날 그 유명한 밀포드사운드를 향해 온 단원들이 질서 정연
하게 차량에 탑승을 했다. 우리 단원들의 움직임은 연세가 높으
신 분들이 많아도 정말 단시간 내에 낙오자 한 사람 없이 정시
에 식사, 정시에 탑승, 정말 매너들이 훌륭했다.

밀포드사운드 로드를 따라 달리는 차창 밖은 오랫동안 아름
다운 와카티푸 호수의 짙푸른 색깔이 이어졌고, 거대한 산, 정
글처럼 빽빽한 나무숲, 컴컴한 터널 등을 통과한 후에야 우리는
선상 관광을 하게 되었다.

세계 자연 유산 지역으로 선정이 되어 특별 보호를 받고 있다는 이 국립공원은 참으로 거대한 아름다움과 빙하시대 지구의 역사를 잘 알려주고 있었다. 160여 미터 높이에서 내려치는 폭포를 맞으며 단원들은 유람선 갑판에서 찬양을 했다. 이 신비스러운 광경에 찬양이 절로 터졌기 때문이다. 누가 먼저 시작했는지 손에 손을 잡고 서클을 이루며 빙글빙글 돌아갔다. 감격에 찬 단장 장로님이 태극기를 휘날리며 단상에 올라 굵직한 바리톤 음성을 터트렸다.

마지막 연주지인 오클랜드는 16일 수요일 밤에 도착하여 곧 순복음교회로 향했다. 도착이 늦어 기다리고 있는 교인들에게 미안했다. 정중히 맞아 주는 교포 교우들의 환영 속에 순서에 따라 은혜의 찬양을 하나님께 드렸다. 지휘 장로님의 열정적인 비팅과 멋진 장로님들의 노래 솜씨, 거기다 단장 장로님의 구수한 대구 사투리의 달변은 아멘과 앙코르로 이어져 분위기를 한층 고조시켰다. 이렇게 멋진 장로님들이 이처럼 찬양을 잘 부르는 그 이면에는 멋진 사모님들의 훌륭한 내조가 있었을 것이라 생각했다.

이제 여행의 후반을 맞아 로토루아에서 대자연의 신비를 또한 번 만끽했다. 레드우드 숲은 아름드리 나무들로 꽉 차 있었다. 땅이 비옥하고 기후 조건이 알맞아서인지 하늘을 향해 경

쟁하듯이 뻗어 올라간 대자연의 숲이었다. 또한 야외 온천과
여기저기서 터져 나오는 뜨거운 증기, 이곳저곳에서 부글부글
끓어오르는 물! 진흙 열탕, 풍기는 유황 냄새, 조금은 겁이 났
다. 환태평양 화산대에 위치하고 있는 이 지역은 활화산 지대

이기 때문이다. 언젠가는 지표면을 뚫고 폭발할 것이 아닌가 싶어서이다.

우리 일행은 귀국을 위해 로토루아를 떠나 오클랜드로 향했다. '벌써 여정이 끝나는가?' 무척 아쉬움을 느끼면서 KE824편에 탑승했다.

참으로 이번 여행은 뜻 깊고, 즐거운 여행이었다. 특별 이벤트로 시드니 미항이 내려다보이는 언덕에서 질서 있게 떡을 떼며 잔을 나누는 야외 성찬식과 또한 '너희도 서로 발을 씻기는 것이 옳으니라.' 라는 말씀 속에서 남을 섬기는 도를 또 한 번 실천하는 세족식 등은 들뜬 여행 속에서 우리 주님과 만나는 차분한 은혜의 시간이기도 했다. 그 외에도 믿음 안에서의 성도의 교제, 수준 높은 장로님들의 유머와 위트, 차 안에서의 장로님들의 신앙 간증 및 선교 활동 실황, 특히 우리가 무심히 불렀던 찬송가의 가사를 음미하게 해 주신 강 장로님 등등….

모두모두 존경하고 싶은 분들이 너무 많았다. 무엇보다도 나의 남편인 우 장로를 감사히 생각한다. 나는 가끔 'I am happy because of you' 로 고마움을 표시하기도 했다.

이 모든 보람과 기쁨을 주신 하나님께 감사와 영광을 드리며 귀국의 길에 올랐다.

성지순례에 즈음하여

(가자! 터키, 그리스, 이태리로)

매월 초, 어김없이 날아오는 단보를 받으면 나는 항상 관심 있게 읽어 나간다.

간혹 파마를 하기 위해 미용실에 들렀을 때, 무료한 시간을 보내기 위해 갖가지 종류의 월간지를 들추어 보면 선명한 컬러 사진이나 현란한 광고물, 사람들의 눈을 매혹시키는 홍보물들로 가득 차 있다. 한 장 한 장 들추어 나가면서 언제나 읽을거리가 나올까 생각하다가 보면 끝이 난다. 아! 읽을거리가 없다. 거기에 비하면 우리 단보는 12면 밖에 안 되지만 한 면 한 면 참으로 알찬 내용으로 읽을거리가 풍부하다. 항상 1면의 흥미 있는 기사가 동기유발이 되어 특별기고, '우예지내시능교?', '나의 제언', '구석구석의 안내' 12면의 '알림' 까지를 훑고 나면 눈이 좀 짭짤해진다. 열정적으로 주님을 찬양하며 살겠다는 신앙 고백과 항상 감격에 넘치는 단원들의 모습이며 유익한 말씀으로 깨우침을 주심과 아울러 모든 장로님들의 생활상을 한눈에 알아 볼 수 있는 소식통들이라서 너무나 흥미가 있다.

나는 단보를 통하여 또는 순회찬양이나. 체육회 등 모임에 참여하면서 참으로 배우고 느낀 점들이 많았다.

첫째, 교파를 초월한 모임이어서 너무 좋다. 가끔 "ㅇㅇ장로님이 뭐 어쨌단다."하면 곧 연달아 "거, 누고? 어느 교단이고?" 여기저기서 장난기 어린 장로님들의 유머가 참 구수하게 들렸다. 전혀 '하나 되게 하소서'가 필요 없는 주 안에서의 모임이란 점이다.

둘째, 격조 있는 찬양과 기도와 선교를 할 수 있다는 점이다. 그도 다 같은 목소리와 다 같은 마음으로.

셋째, 어려울 때 도와주는 한 가족 같은 친근감이 있어서 좋다. ㅇㅇ장로님이 다쳤다, ㅇㅇ장로님이 병환으로, ㅇㅇ가 고장이 났다, ㅇㅇ장로님 손으로 길흉사마다 내 집 일처럼 뛰는 단장님 이하 임원들의 활약상.

넷째, 비록 작은 것이지만 외지 선교 사업을 돕는 봉사가 있어서 좋다.

다섯째, 넓은 세계를 향하여 순회찬양이나 성지순례를 할 수 있어서 좋다.

다가오는 2003년 1월은 우리 모두가 성지순례를 떠날 예정이

다. 기다리던 단보 제 31호가 도착되어 반갑게 펼쳤다.

'에티켓' 으로 시작하여 알림 ① '가자! 터키, 그리스, 이태리로!'까지를 읽으며 벌써 마음은 바울 시대로 거슬러 올라간다. 그 옛날 사도바울이 살아도 주를 위해 죽어도 주를 위해 3차까지나 전도여행을 떠났던 그 기나긴 여정을 지금 우리는 순례자가 되어 그 길을 따라 자취를 더듬으려니 벌써 가슴이 벅차다.

특히 소아시아 반도의 칭찬 받고 책망 받던 일곱 교회들의 터전과 기념교회를 직접 가 보다니 꿈만 같다. '에서버두사빌라' 계시록을 읽으면서도 일곱 교회 이름과 순서가 아리송해서 외어 두었던 첫머리 글자가 새롭게 떠오른다. 터키는 월드컵을 인연으로 한국 사람이 가면 반가워 한다는 소리를 들었다. 이번 여행에도 무언가 깜짝 이벤트가 있을 것 같아서 기대가 된다.
이 밖에도 여행사에서 보내 온 일정에 수많은 감격적인 장소가
있다. 두란노서원, 누가의 무덤, 에게해의 휴양도시, 에베소의
아데미 신전 등, 사도행전에 나오는 에베소의 큰 여신 아데미의
전각을 성경사전에서 찾아보았다. 달의 여신, 사냥의 여신이라
고 하며 고대의 불가사의 중 하나로 간주된다는 이 신전이 아직
도 남아 있다니 가증스러운 그 우상의 모습을 보며 사도바울이
고난을 당했던 일을 생각해 보고 싶다. 그리스의 아테네, 신화
의 고장 그리스는 어느 곳을 방문해도 신화와 관련된 유적과 다
양한 문화적 향기를 접할 수 있는 곳이라 했다.

그 옛날 사도 바울께서 아레오바고 가운데 서서

'아덴 사람들아 내가 두루 다니며 너희의 위하는 것들을 보다가 알지 못하는 신에게 라는 단도 보았으니… 그것을 내가 너희에게 알게 하리라(행 17:22-23)'

다신교적인 고대 희랍 사람들에게 전도했다는 바위산 아레오바고를 볼 수 있게 되었다니 정말 감회가 깊을 것 같다. 먼저 다녀오신 어떤 집사님이

"사도 바울이 서서 전도(기도)했던 곳이라는 바위가 반질반질하게 닳아서 미끄러지겠더라."라고 했다.

이태리의 로마, 인류 문화의 한 축을 형성할 정도로 뿌리 깊은 문화의 전통을 간직한 로마! 흔히들 조상 덕분에 먹고 사는 나라라는 말도 들었다. 역사의 시간만큼 길고 먼 곳이라고 생각했던 로마에서 고대의 문명과 사도 바울의 선교 및 순교지를 찾는 마음은 또 다른 감회를 가져올 듯하다. 단보31 '친구야 이번에 같이 안 갈래'에서 성지에 대한 그 시대상을 깊이 있게 쓰신 강 장로님의 기사를 읽고 나도 알찬 여행이 되도록 성지에 대한 사전 공부를 하고 또한 즐거운 마음과 감사함으로 기다리려 한다.

이스라엘, 요르단, 이집트, 독일에서

아! 별빛이 어쩌면 저렇게 찬란할까? 아름다운 갖가지의 보석들이 머리 위로 곧장 쏟아질 듯하다. 새벽 2시나 되어 이곳 시내 산을 오르려는데 공해가 없는 사막지대의 밤하늘이라 그런지 시야에 들어오는 무수한 별들은 너무나 선명하고 아름다웠다.

하나님께서 "아브라함에게 하늘을 우러러 뭇 별을 셀 수 있나보라 네 자손이 이와 같으리라(창15: 5)" 하신 말씀은 바로 저 별들이었구나!

얼마나 벼르고 기도로 준비한 성지순례, 우리 부부는 대구장로합창단의 제12차 해외 연주 여행단으로 11일간의 성지순례를 떠나게 되었다.

텔아비브공항에 도착하여 아름다운 지중해를 끼고 항구도시

욥바에서 무두장이 시몬의 집을 보고 곧장 예루살렘으로 입성했다. 예루살렘 한인교회에서 예배를 드리고 준비한 제12차 해외 연주를 보고 감격해 하는 모든 교인들과 함께 은혜를 나누며 찬양을 하나님께 드렸다.

다음날 우리 일행은 감람산 주변을 순례하면서 예루살렘 도성을 조망했다. 2500년이나 되었다는 고목, 감람(올리브)나무를 보며 예수님이 이 땅에 계실 때의 그 나무를 우리가 지금 보고 있다고 생각하니 감회가 깊었다. 저 멀리 눈에 딱 들어오는

황금빛 돔의 건물이 바로 아브라함이 아들 이삭을 제물로 드리려던 모리아 산에 세운 것으로 이 건물은 주 후 637년에 이슬람이 예루살렘을 정복하고 세웠다고 한다. 역사 속의 솔로몬, 스룹바벨, 헤롯 등의 성전은 철저히 파괴를 당하고 현재 이슬람교가 떡 자리 잡고 있는 것을 보니 예루살렘 성전에 대한 애틋함을 금할 길이 없다.

겟세마네 동산에 이르러 예수님이 바위에 엎드려 기도하는 조각상을 보고 근처에 있는 만국교회로 들어갔다. 우리 2호차 단원들은 자연스럽게 단상 쪽으로 모이며 찬양을 부르고 싶었다. 모두 음악을 잘 아는 분들이라 테너 쪽에서 우리 교회의 이용완 장로를 밀어내었다. '주 하나님 지으신 모든 세계…' 무반주로 지휘를 하는 이 장로님 얼굴은 감격 그대로였다. 외국 순례객들이 경이로운 눈빛으로 바라보며 우레와 같은 박수를 보냈다.

겟세마네 동산에서 내려와 예수님께서 십자가를 지고 가셨다는 고난의 길 14처소를 우리는 숙연한 자세로 어미이징 그레이스 '나 같은 죄인 살리신…' 찬송을 부르며 골고다 언덕까지 올랐다. 참으로 은혜로운 발자취, 예수님의 고난의 길을 걸으며 그때를 묵상하니 감격스러웠다. 그러나 길 양편은 교동시장처럼 관광 상품을 파는 가게가 즐비했다. 문득 예수님께서 채찍으로 성전을 깨끗이 하신 성경 구절이 생각났다. 좀 안타까웠다.

AD 70년 로마의 티투스 장군에 의해 예루살렘 성이 파괴될 때 서쪽 벽 중 얼마가 남아 있는 곳을 오늘날까지 '통곡의 벽'이라 하여 많은 유대인들과 성지순례 객들이 찾고 있다. 가까이가 보니 벽을 향한 기도자의 간절하게 절규하는 모습, 또 조그마 한 쪽지에 기도문을 적어 돌 사이에 끼어 놓은 광경을 볼 수 있었다. 유대인들의 애환이 서린 곳이라 할까?

4일째 사해로 내려가는 길에는 도로 옆에 해발 '0m'라는 표시가 있고 이제 우리는 해저로 내려가고 있다고 생각하니 신비한 느낌이 들었다. 400m나 내려가서 우리는 사해에 도착했다.

1월 10일 한국 같으면 한겨울이지만 이곳은 따뜻하고 온난한 기온이었다. 진흙 마사지, 부영 체험들을 하고 돌아가는 차편을 기다리는데 남편이 젖은 수영복 위에 큰 타월을 쓰고는 와들와들 떨기 시작했다. 정신없이 떨었다. 걱정이 되었다. 그렇게 떨수가 있을까? 열이 펄펄 나는 몸을 추슬러 갈릴리 호수로 향하는 버스에 겨우 올랐다. 웬만한 아픔은 내색하지 않고 참는 성격이라 눈치만 살폈다. 갈릴리 호수에 도착하자 정신이 없는 가운데도 부축을 받아 선상에 올라 아예 뱃전에 누워 버렸다. 선상 예배를 드리는 동안 모든 단원들은 감격에 들떠 있었다. 호수 가까이 점심 식사를 위해 온 단원이 식당으로 가는데 여러 장로님들이

"우 장로님이 많이 편찮으신 모양인데…"

하면서 버스에서 내릴 때 양쪽에서 부축을 해 주었다. 몇 걸음도 채 못 가서 두 다리에 힘이 빠지면서 질질 끌려가고 있었다. 나도 모르게 소리 지르며 "왜 이래요. 정신 차려요!" 그때 벌써 두 눈을 홉뜨고 흰자위만 보이면서 실신한 상태였다. 잠시 후 서 목사님께서 "장로님! 장로님! 저를 알아보시겠습니까?" 두어 번 깨우치니 고개를 끄덕이고 눈자위가 정상으로 돌아왔다.

"휴~~우~~, 우 장로님! 기도합시다." 서 목사님은 설교 말씀도 잘 하시지만 기도 또한 간절하고 능력이 있었다. 아멘! 살려 주실 줄 믿습니다. 그러나 누가 불렀는지 앰뷸런스가 도착했다.

체온이 39.7도라고 하면서 원인을 알기 위해서는 입원해야 한다고 했다. 기가 막혔다. 말도 통하지 않는 이역만리에서 입원을 한다고 하니 앞이 캄캄했다. 이때 명덕 교회 김상일 장로님이 열 외에 다른 이상이 없다면 자기가 책임지겠다고 영어로 '나도 닥터이니까' 그래서 앰뷸런스를 보내고 해열제로 열을 다스리기 시작했다.

그 뒤 5일째 되던 날 우리 일행은 요르단의 암만에 도착하여 모세가 가나안 땅을 둘러본 느보 산에 올랐다. 바람이 어찌나 세던지! 멀리 요단강 건너편 평지를 둘러보며 야외 예배를 드렸다.

세계 7대 불가사의의 하나인 페트라에 이르러 2km정도의 대협곡을 지나면서 하나님 창조의 조화가 너무나 신비하고 웅장하고 아름다웠기에 이루 말할 수 없는 감탄을 하면서 우리 부부는 그래도 버티고 단원들의 염려와 위로 속에 모든 것을 감상했다.

'인디아나 존스' 영화에 나오는 돌 벽을 파서 조각한 건물(왕가의 무덤)앞에서 단체 사진을 찍고 곧장 협곡을 빠져 나왔다.

국경을 넘어 이집트 땅을 밟았다. 시내 산 정상 예배의 사회를 맡은 남편에게 "올라 갈 수 있겠느냐?"라는 단장의 각별한 걱정에 그래도 맡은 책임을 다 하겠다는 집념을 보이며 추운 산장 호텔에서 새우잠을 잤다. 얼마나 추웠는지! 아니 거기는 난방이 전혀 되어 있지 않았다. 새벽 2시에 2호차 가이드는 겁부터 주었다. 노약자들은 오르지 않는 것이 좋겠다. 연전에 사고사를 당한 각 나라 사람들의 예를 들었다.

"낙타는 위험하니 타지 않는 것이 좋겠다. 한 발 잘못 디디면 낭떨어지다 낙타몰이 베두인들은 아무 책임을 지지 않는다."는 등, 겁은 나지만 하나님께서 지켜 주시리라 믿고 6km는 낙타로, 나머지 800여 돌계단은 플래시 하나에 몸을 의지하고 해발 2285m의 험난한 바위산을 간신히 오를 수 있었다. 그 옛날 모세가 백성들을 광야에 두고 이 산에 올라 40주야 십계명을 받았던 성산! 이곳에 올라 왔다니 참으로 감격스러웠다.

"지금부터 시내 산 정상 예배를 드리겠습니다. '사도신경으로…'"

남편의 떨리는 목소리로 시작된 예배는 감격이었다. 예배가 끝나자 동이 트기 시작했다. 붉은 아침노을이 기묘하고 웅장한 산의 윤곽을 서서히 드러내면서 정상에서 붉은 태양이 솟는 것을 바라보았다. 모두 환호성을 올렸다. 조금 더 올라가 엘리야의 기도처인 돌집을 보고 수많은 돌계단을 타고 시내 산을 하산하면서 산 아래에 위치한 성 카타린 수도원을 조망했다.

나는 남편이 무사히 예배를 드릴 수 있도록 인도하신 하나님께 감사를 드리며 온통 검붉은 색깔의 장엄한 바위산을 내려왔다.

8일째 되던 날은 시내(시나이) 광야를 경유하며 르비딤에 이르렀다. 그곳은 출애굽 당시 아말렉과 전투가 있었던 곳이었고 또 마라의 쓴 물이 단물로 변한 모세의 우물을 보며 캔디를 달라고 손을 벌리고 조르는 예닐곱 살 소녀에게 사탕 몇 개를 집어 주고 우리네의 50년대를 생각해 보며 버스로 홍해에 이르렀다. 홍해에 발을 담그면서 묘한 느낌을 느꼈다.

장정만 60만 명이었다는 이스라엘 민족이 이 바다를 육지 같이 건넜다는 그 바다에 나는 지금 발을 담그고 있다. 물속에서 아우성치는 애굽 군인들의 절규가 파도 소리와 함께 내 귓전을 때리는 듯한 느낌을 받았다.

15.01.2011 14:56

　유럽과 아시아의 항로를 절반으로 단축시킨 수에즈 운하를 지나면서 5000년 문화가 모인 곳 카이로에 도착하였을 때는 9일째였다. '아 카이로!'

　시내를 조금 지나니 나뭇가지 사이로 거대한 피라미드가 보이기 시작했다. 세계 7대 불가사의 중 하나인 기자피라미드와 인면수신(人面獸身)의 모습을 하고 있는 거대한 스핑크스를 보면서 이 사막지대 어디서 저 돌을 떠 와서 저런 왕의 무덤을 만들었을까? 정말 불가사의한 일이라고 생각해 보았다.

　식사 후 나일 강에서 펠루카를 탑승하면서 우리 일행들은 넓은 나일강을 유람했다. 그날은 왜 그렇게 바람도 없고 잔잔했

는지 배가 속력을 내지 못해 좀 답답했다.

풍성한 열대 과일을 먹으면서 노래를 부르는 우리들의 하모니가 잔잔한 나일 강 위를 평화스럽게 퍼져나갔다.

10일째 되던 날, 독일 프랑크푸르트공항에 도착한 후 하이델베르크로 가서 고성과 대학가를 거닐면서 소박하면서도 실용성 있는 독일인의 삶과 역사적인 고적들이 잘 보존되고 있음을 살펴보았다. 이곳은 2009년에 와 보았던 곳이기도 하다.

남편은 귀국하자말자 동산병원에 입원하여 각종 검사를 받게 되었다. 동산병원에서 여러 날이 걸려서야 겨우 병의 원인을 발견했다. 너무 급하단다.

"여기서도 수술은 할 수 있지만 서울로 가는 것이 좋겠습니다."

의사의 권유에 서울 삼성병원으로 가게 되었다. 응급실에 도착한 시간은 새벽 1시였다. 딸에게 급히 연락을 하고 왔지만 모든 것이 준비가 되어 있고 흉부외과 유명 의사가 대기하고 있었다. 여호와 이래의 하나님께 감사드리며 당일 수술로 들어갔다. '급성 감염 심내막염' 이라고 하면서 심장에 서식한 포도상구균인데 희귀한 병원체라고 했다. 수술실에 들어가기 전

"엄마! 빨리 목사님께 전화해서 기도를 부탁해요."

딸은 의사이지만 나보다 더 당황하고 급한 마음이었다. 나중에 안 일이지만 딸은 사망률이 엄청 높다는 것을 알고 있었기

때문이었다. 마음속으로 하나님께 간절한 기도를 하면서 기다린 6시간의 긴 수술이 성공적으로 끝났다. 중환자실로 돌아온 초췌한 남편의 모습을 보면서 나는 안도의 숨을 내쉬었다.

하나님께서 이번 성지 순례를 통해 남편의 낡은 심장을 새것으로 바꾸어 삶을 연장해 주셨다는 것을 생각하니 시간 시간과 나날들이 너무나 소중해서 하나님의 은혜에 감사하지 않을 수 없었다.

남미여행

(LA, 멕시코, 칠레, 브라질, 파라과이, 아르헨티나, 페루)

2007년 1월 10일(수) 로스앤젤레스

우리나라의 한겨울인 1월에 겨울옷과 여름옷을 트렁크에 만만찮게 넣고 인천공항을 출발 10시간 40분을 비행한 후 LA에 도착하였다. 아침 8시 40분이어서 오후 5시 5분 멕시코 행까지는 시간이 넉넉하여 버스로 시내 관광을 하였다. LA는 3번째인 것 같다.

오늘은 가보지 못했던 산타모니카 해변에서 겨울옷을 걸친 채 키다리 야자나무 사이를 산책했다. 정말 운치가 있었다. 날씨는 겨울이긴 하나 온화했다. 간단한 중식을 하고 공항으로 이동을 하여 MX 905편으로 멕시코시티를 향해 날아갔다.

마야문명의 유적지인 멕시코는 한반도의 약 9배가 되는 1,964,375㎢ 인구가 약 1억 2천만 정도라고 했다. 밤 10시경 착

237

류 시도를 하면서 멕시코시티 하늘을 선회했다. 시야에 들어오는 시가지는 정말 넓었다. 높낮이가 뚜렷하게 불빛이 온 시내를 번쩍이는 넓디넓은 도시를 내려다 볼 수 있었다. 인구 2,000만의 세계에서 제일 큰 도시이며 해발 2,200m의 고산지대 도시이기도 했다.

1월 11일 (목) 멕시코 (테오티와칸)

중미 최대 도시 국가였던 테오티와칸으로 이동하여 AD 150년경에 세워져 1908년에 복원된 높이 70m, 한 변의 길이가 225m, 꼭대기까지 248계단으로 건축된 거대한 피라미드 앞까지 왔다. 나는 인내심을 가지고 올라가다가 내려오는 분들이 나

239

침반뿐이라고 해서 2/3 지점에서 좌우 전망과 2.5km에 달하는 사자(死者)의 거리들을 내려다보았다.

그 당시 어떻게 이런 중심 거리를 조성하면서 도시를 건설하였을까? 달의 피라미드는 조금 작지만 4층으로 이루어졌고 높은 지역에 위치하여 테오티와칸이 한눈에 들어오는 멋진 전망대 같은 역할을 했다.

멕시코시티로 돌아와 과달루페 성당, 대통령 궁, 소깔로(zocalo)광장, 이 광장은 사방 240m의 넓은 광장으로 AD 1520년에 꼬르떼스가 만들었다고 한다. 정말 휑하니 넓은 광장, 한 가운데는 멕시코 국기가 휘날리고 빛 바랜 성당과 시 청사 및 궁전이 광장을 둘러싸고 있다. AD 1500년 스페인이 정복한 이 땅은 고대 문명인 아즈텍 문명이 묻혔으나 지진 등으로 인하여 발굴되어 그 흔적을 여러 곳에서 볼 수 있었다.

오늘 일정을 마치고 21시에 멕시코시티를 출발 기내 박으로 8시간 15분을 소요하며 아침에 칠레의 수도 산티아고에 도착하였다.

1월 12일 (금) 칠레 (산티아고)

세계에서 가장 긴 나라 칠레에 도착하여 전용 버스로 해발 3,400m의 안데스산맥으로 이동하면서 아르헨티나와 칠레의 남쪽 끝으로부터 콜롬비아 북쪽까지 약 7,000km에 걸쳐 있는 남미의 거대한 산맥을 바라보면서 해발 3,100m에 위치한 잉카 호

수까지 올라갔다. 산소가 희박한 곳이니 무리한 운동을 삼가고 조용히 행동할 것을 주의 받고 호숫가에 이르러 설산 봉우리와 옥색 빛깔의 호수 물을 들여다보았다. 깊이를 알 수 없는 신비한 호수, 이런 고지대에 이런 호수가 있다니! 다음은 시내로 들어와 산티아고 시에서 가장 높은 곳인 산크리스토발 언덕을 굽이굽이 올라갔다. 해가 서산으로 기울면서 어둠이 깔리기 시작한 시내는 여기저기서 불빛이 드러나고 이 언덕 위에서 바라보는 전망은 정말 환상적이었다. 정상에는 거대한 성모 마리아의 동상이 우뚝 서 있었다.

특급 호텔인 RADISSON에서 휴식을 취한 후 내일은 산티아고 시가의 중심지인 아르마스 광장을 보기로 했다.

1월 13일(토) 산티아고

　우리가 방문하는 수도마다 광장을 중심으로 주요 기관들이
배치되어 있는 것이 거의 공식적인 것 같다. 아르마스(Armas)
광장을 둘러보았다.

　식민지 시대부터 현재까지 산티아고의 중심지 역할을 하고
있는 곳으로 주변에 시 청사, 우체국, 대성당 박물관 등이 자리
하고 있으며 500m 떨어진 곳에는 모네다 궁전이 자리 잡고 있
었다.

　스페인 식민지 스타일의 크고 넓게 자리 잡고 있는 이 궁전은
19세기 중반부터 대통령 관저로 사용하고 있다고 했다. 이곳은
관광명소이기도 하며 산티아고에서 가장 유서 깊은 곳이고 공

원이기도 했다. 각색 인종들이 모여 들어 이리 저리 카메라로 초점을 맞추고….

중식 후 산티아고 출발 LA 754편으로 브라질의 상파울로로 향하였다.

1월 14일 (일) 커피와 축구와 삼바의 나라 브라질 (상파울로)

국토의 넓이가 한반도의 약 37배나 되는 어마어마하게 큰 나라! 인구 1억 7,000여 만의 브라질, 그러나 GDP는 6,000불 정도라고 했다. 그런데 식당에 가서 깜짝 놀란 사실은 넓은 식당 한편은 고기를 굽는 큰 화덕이 있고 불이 이글이글 한데 쇠고랑에 고기가 주렁주렁 달려 굽히고 있었다. 푸줏간에 고기를 메달아 놓은 것처럼 바로 브라질의 전통요리 '슈라스코' 였다.

우리가 앉은 테이블에 큰 접시와 나이프 포크가 놓여 있는데 큰 고기 뭉텅이를 들고 온 잘 생긴 종업원이 빗날 같은 칼을 들고 무어라고 중얼거리는데 나는 무조건 조금만 달라고 했다. 잘 굽힌 고깃덩어리의 위쪽에 칼을 대어 써니 접시에 먹음직스러운 쇠고기 구이가 뚝 떨어진다. 이 나라는 넓은 초원에 방목하여 많은 소를 사육하므로 쇠고기가 아주 싸고 흔하다고 한다. 가이드는 ㅇㅇ부위가 맛이 있다면서 그것을 달라고 하라는데 말이 통해야 말이지. 얼마든지 맘껏 먹을 수 있는데…. 고기를 좋아하는 식도락가들에게는 참 좋은 찬스인 것 같았다.

1월 15일(월) 리오데자네이로

　7시 30분 호텔 조식 후 부리나케 짐을 꾸려 브라질의 미항인 리오데자네이로로 향했다.

　세계 3대 미항의 하나인 리오는 정말 아름다운 항구였다. 우리 DEC 찬양단은 코르코바도 언덕으로 올라가 예수 그리스도의 상이 있는 곳에 모였다. 주님을 찬양하는 코러스가 리오 하늘에 울려 퍼졌다. 1931년 브라질의 독립 100주년을 기념하기 위해 만들어진 예수 그리스도상은 높이 30m 좌우로 벌린 두 팔의 너비가 28m 무게가 1,145t의 거대한 상이다. 산 아래 해변에서 쳐다보았을 때는 예수님이 승천하시는 모습 같기도 하고 또는 재림하는 모습 같기도 한 신비한 느낌을 주는 광경이었으며 리오의 어디서나 볼 수 있는 높은 곳에 위치해 있다. 이 나라의 종교가 가톨릭 80%, 개신교 11%의 기독교 국가임을 나타내고 있는 표상이기도 하다. 전망대에서 한눈에 들어오는 시내 경관과 코파카바나 해안과 이빠네마 해안의 아름다운 해안선들을 감상한 다음 슈가로프산을 케이블카로 등정했다.

바다의 위협으로부터 대륙을 지키는 파수꾼처럼 해안선에 자리 잡고 있는 거대한 화강암과 수정으로 이루어진 산이다. 꼭 옥수수자루의 끝 모양처럼 봉긋한 산정에서 주변 도시와 대서양도 시야에 들어와 폭넓은 거대한 경관을 즐길 수 있었다. 마침 저녁노을이 깔리기 시작할 무렵이라 그 아름다움은 이루 말할 수 없었다.

1월 16일~17일(화, 수)세계 3대 폭포 중 하나인 이구아수 폭포

이구아수 폭포는 브라질 쪽과 아르헨티나 쪽 국립공원에 위치하고 있어 먼저 리오 출발하여 JJ 3153편으로 브라질 국립공원 이구아수 폭포(유네스코 지정 세계자연유산-1986)에 도착하였다 어마어마하고 장대한 스릴이 눈앞에 벌어졌다. 천둥소리와 같은 굉음! 마침 수량도 풍부한 때라 정말 장관이고 볼만했다. 너비 4.5km 평균 낙차가 70m이라 나이아가라 폭포보다 더 큰 규모이고 암석과 섬 때문에 20여 개의 폭포로 갈라져 많은 양의 물이 삼림과 계곡 사이로 쏟아지면서 장관을 이루고 있었다. 일어나는 물보라와 무지개! 나는 입을 다물지 못하고 전망

대에서 폭포 가까이로 이동하면서 손이 닿을 듯한 곳에서 폭포
의 측면을 관찰했다. 물의 두께가 어마어마하고 맑고 깨끗한 물
이 일렁이면서 흘러내리는지 제자리에 붙어 있는지? 아, 내가
이런 광경을 볼 수 있다니! 나이아가라 폭포에서 느끼지 못했던
또 다른 신비가 있었다.

　다음은 국경을 통과하여 아르헨티나 쪽의 국립공원 이구아수
폭포로 갔다. 이른바 '악마의 숨통'을 보기 위해 폭포와 근접해
있는 산책로를 따라 걸어가니 곧 폭포 속으로 끌려들어 갈 것
같은 아찔함을 느끼며 와아! 대단하다.

　우렁찬 소리와 함께 끝이 보이지 않는 아래쪽을 향하여 내리
치는 물은 떨어지기 전에 소용돌이를 치면서 정말 악마의 목구

멍 같은 모양을 형성했다. 무엇이든지 떨어지면 집어 삼킬 기세이다. 참으로 거대하고 웅장하고 아름다운 대자연의 장엄함에 나는 잠시 정신을 잃었다.

파라과이

우리는 유람선으로 3개국(브라질, 아르헨티나, 파라과이)접경 지역에서 그 위치를 파악하면서 파라과이로 이동했다. 우선 파라과이 정글 속으로 들어가 과라니 인디오 족들의 삶의 모습과 그들의 민속춤을 보았다. 돈은 받지 않겠다고 하며 그들의 수공예품을 사라고 했다. 좀 조잡스럽긴 하나 그들의 생계수단의 하나이기에 단원들은 기념으로 한 가지씩 샀다. 마침 수요일이라 저녁 예배를 '델에스떼르' 교회에서 드리면서 해외 9차 순례 연주를 은혜 중 잘 마쳤다. 계속되는 앙코르 요청을 등 뒤로 하고 바쁜 일정에 시달리며 부에노스아이레스로 이동했다.

1월 18일 (목) 아르헨티나의 수도 (부에노스아이레스)

이구아수 관광을 마치고 세계적으로 거대한 항구도시 부에노스아이레스에 도착했다.

탱고의 발상지인 '보카 지구'로 갔다. 항구를 따라 위치하며 다양한 색으로 페인트칠을 한 작은 집들이 많아 마치 동화 속의 마을에 온 느낌을 준다. 부둣가에는 아기자기한 그림을 전시해 놓고 한길에 늘어선 좌우 가게 앞에는 테이블과 의자가 즐비하

게 놓여서 시민들이 자유롭게 마실 것들을 마시고 있었다. 좁은 길가에서는 흘러나오는 음악에 맞춰 한 쌍의 젊은이가 우아하게 탱고를 추고 있었다. 어쩌면 길게 찢어진 스커트에서 내민 다리는 각선미가 아름다웠고 젠틀한 파트너의 리더로 날렵하게 스텝을 밟으며 휙휙 돌아가는 모습이 너무 멋이 있었다.

리꼴레따 묘지

이 묘지는 1882년에 개설된 유서 깊은 묘지로 아르헨티나인들에게는 최상의 유택으로 역대 대통령 13인을 비롯한 여러 유명 인사 및 귀족들이 잠들어 있는 곳이었다. 대체로 가족단위의 유택으로 창문 안으로 들여다 본 현상은 전통적인 장식과 갖가지 조각상 가문의 문장 등으로 기품 있게 꾸며져 있었다. 고인들의 사진이나 유품 등을 보는 중 한 어린아이의 사진과 안치된 관을 보니 애처로운 생각이 들었다.

대통령 궁에서 근위병들이 발을 맞춰 교대식을 하는 모습을 볼 수 있었고 온통 분홍빛으로 도색 된 왕궁은 화려했다.

1월 19일~20일 옛 잉카제국, 페루(리마경유~쿠스코)

LP 428편으로 부에노스아이레스를 출발하여 4시간 45분의 비행 후에 리마에 도착하여 쉐라톤호텔에서 휴식을 취했다. 페루는 태평양과 안데스산맥, 아마존강을 끼고 있는 한반도의 6배 정도 되는 국토를 가진 옛 잉카문명의 나라이다.

조식 후 쿠스코로 이동했다. 이곳은 해발 3,200m가 넘는 고산지대이므로 격렬한 운동을 피하고 두통약이나 혈압 약을 준비하라고 했다. 그런데도 거기에 붉은 지붕의 시가지가 엄청 넓게 자리하고 있고 키가 작고 몸집이 팡팡한 페루 원주민들이 검은 얼굴에 머리 꽁지를 땋아 늘이고 둥근 태의 모자를 눌러 쓰고 그들 나름의 울긋불긋한 옷차림에 배낭을 메고 분주히 오가고 있었다. 시내의 길은 폭이 좁았다. 겨우 티코 한 대가 지나갈 정도, 그래서 우리나라의 티코 인기가 대단하다고 했다.

먼저 산토도밍고 성당을 방문했다. 잉카제국 시대에 코리칸차라 불리는 태양 신전이 있던 자리에 스페인 정복자들이 세운

성당이다. 쿠스코 대지진이 일어났을 때 성당이 무너지면서 그 토대만은 그대로 남아 있어서 잉카 석조의 정교함을 나타내는 증거물로 보여주고 있다. 하여튼 잉카인들은 문자도 없었다고 했는데 돌과 돌 사이에 빈틈 하나 없이 건축을 한 모습을 여기 저기서 볼 수 있었다. 그것은 '삭사 이와만'이라 하는 거대한 요새(높이 7m, 무게가 100t 넘는 엄청난 돌들로 360m의 길이)를 만든 곳에도 그 큰 돌과 돌 사이에 면도칼이 들어가지 않을 정도로 쌓았다는 것은 보는 이로 하여금 정말 놀라움을 금할 수 없게 한다.

어린아이를 제물로 바쳤다는 켄코 신전, 목욕 터인 '탐보마차이'를 거쳐 '우루밤바'로 이동하였다. 예쁜 꽃들이 만발한 낭만적인 산장호텔에서 만찬을 했다. 어째 음식이 맞지 않아 역겨웠는데 여행사에서 준비했는지 라면을 잔뜩 끓였다. 너도나도 체면 없이 퍼먹었다. 우리나라의 라면이 정말 맛있었다.

1월 21일 (일) 잃어버린 도시 마추픽추

드디어 400여 년간이나 묻혀 있어 사람들에게 알려지지 않았던 미스터리 공중 도시 마추픽추를 가게 되었다. 잉카시대의 역참 마을이 있던 오얀타이탐보 마을을 경유하여 관광열차를 타고 1시간 10분쯤 걸려 마추픽추 역에 도착하였다. 식당에서 주일 예배를 드리고 계속 깊은 계곡을 끼고 지그재그로 한참 올라가니 눈앞에 펼쳐진 가파른 경사지에 돌축을 쌓아 만든 층계 밭

그것도 주로 감자와 옥수수를 재배했다는 잉카인들의 농지, 어쩌면 무슨 건축물처럼 경사진 산허리에 질서정연하게 붙어 있었다.

400년간이나 방치해 두었다는데 사태가 났거나 일그러진 곳이 없다. 얼마나 정교하게 둑을 잘 쌓았는가? 그 뿐인가 그 산정에 펼쳐진 도시는 석조 건물로 태양의 신전, 왕녀의 궁전, 콘도르 신전, 지하 감옥, 왕의 무덤, 신성한 광장 등에서는 건물의 벽은 잘 다듬어져 있고 규격들이 반듯하며 아주 수학적이었다. 태양신을 숭배했던 흔적들이 곳곳에 남아 있었다. 이곳에서는

5,000명~1만 명이 살았을 거라는 추측이 있으며 스페인의 침략을 받지 않았던 곳이라고 하기도 하고, 1911년에 미국의 하이럼 빙엄에 의해 발견된 도시라고도 하며 비행기 조종사 마추픽추에 의해 공중에서 발견된 도시였기에 이름이 마추픽추라고 가이드가 말했다.

이곳은 해발 2430m의 고산지대에 건설 되었으나 옆에는 높은 산봉우리가 도시를 가려 주고 있었다. 하산할 때 일곱 굽이의 지그재그 길을 버스로 내려오는데 숲 사이를 가로질러 내려온 인디오 어린이가 "안녕히 가세요?"라고 손을 흔들었다. 그것도 일곱 번이나 마지막에는 헐떡이며 버스에 올랐다. 가여웠다. 1달러의 팁들이 그의 손에 놓여졌다. 한창 교육을 받아야 할 8, 9세의 어린이였다.

1월 22일~24일(월, 화) 리마에서

우르밤바 산장호텔에서 남미의 마지막 밤을 단원 전원이 흥겨운 잔치에 참여하며 여행의 끝남을 아쉬워했다. 쿠스코에서 리마로 이동 태평양을 낀 아름다운 도시 리마에서 구시가지와 신시가지의 주요 건물 등 고색창연한 리마 대성당, 대통령 궁 거기에는 근위병들이 1824년 독립전쟁 때 입었던 군복과 똑같은 멋진 유니폼을 입고 있었다. 황금 박물관, 아르마스 광장, 사랑의 공원 등 잉카 후손들의 숨결이 깃든 유적지 등을 관광하고 15박 16일의 대장정을 마치게 되었다. 우리 순회 연주단은 남미

를 짧은 시간 내에 종횡하느라 정말 너무나 바쁜 일정이었다. 비행시간만 해도 72시간 정도가 되니 두 시간 전에 공항에 가서 줄 서야 하고, 짐 부쳐야 하고, 이 호텔 저 호텔에서 짐을 풀고, 싸고, 그러나 모두 일사분란하게 잘 움직였다.

페루에서 LA로 오는 도중에는 이상기류로 인해 비행기가 매우 흔들렸고 갑자기 낙하를 해서 안전벨트를 매지 않은 사람은 공중으로 떴다가 떨어지기도 했다. 모두 소리 높여 하나님께 기도를 드리는 중 비행기는 평정을 찾았다.

휴우~ 나는 한 100m쯤 낙하하지 않았나 싶은 생각이 들었고 순간적으로 이것이 내 생애의 마지막이 아닐까? 하고 절망하기도 했다. 여행사 사장님이 이 정도는 아무것도 아니라고 하시며 머리 위의 트렁크가 열리고 짐이 쏟아지고 난장판이 될 때도 있었다고 했다. 나는 잠시나마 얼마나 공포에 떨었는지 이젠 해외여행을 다시는 안 해야지 했지만 그 후로도 10차 필리핀 마닐라, 11차 러시아 북유럽, 12차 이스라엘 요르단, 이집트, 독일, 13차 태국 캄보디아, 14차 미 동부와 캐나다(토론토, 몬트리올 퀘백), 15차 독일 및 동부유럽(발칸반도) 세계를 향한 우리들의 여행은 건강이 허락하는 한 계속되고 있다.

북유럽

(독일, 러시아, 핀란드, 스웨덴, 노르웨이)

2009년 8월 7일(금) 독일(뮌헨)

고국의 한더위를 뒤로하고 독일 비행기 루프트한자로 뮌헨에 도착했다. 전용 버스로 뮌헨 시내를 누비면서 광장을 중심으로 한 신 시청사 프라우웬 교회 등을 관광하고 현지 식당에서 독일 전통음식으로 만찬 후 Rater Park Hotel에서 피곤한 첫날을 보냈다.

8월 8일(토) 러시아(모스코바)

독일 뮌헨공항에서 러시아 향발 루프트한자 3190편으로 철의 장막이던 모스코바에 도착했다. 말로만 듣던 크렘린 궁과 아름답기 그지없는 많은 사원들, 이반대제의 종루, 세계 최대의 황제의 종, 끝이 뾰족한 곡선의 모자를 여러 개 쓰고 있는 아름다운 성 바실리 대성당. 이 성당은 47m의 높이로 하늘을 향하여

여덟 개의 예배당을 대각선으로 이으면 한가운데서 교차되는
곳은 두 개의 십자가가 되기도 한다. 이 성당이 완성되자
(AD1555년경) 황홀해진 이반 4세는 설계자인 포스토닉 바르마
가 더 이상 이런 건물을 짓지 못하도록 그의 눈을 뽑아 버렸다
고 했다. 정말 끔찍했다. 우리가 갔을 땐 아름다운 색상으로 도
색하지 얼마 안 되어 정말 황홀하기 그지없었다.

국영 백화점인 굼백화점, 레닌 묘, 소위 넓디넓은 붉은광장
한가운데 서서 사방을 둘러보면서 눈이 모자라고 입을 다물지
못했는데, 그런 와중에 크렘린 궁 맞은편 높은 건물 위에 삼성
(SAMSUNG) 대형 광고판이 눈에 들어왔다. 관광 요지인 세계
각국 사람이 끊임없이 모여드는 이 장소에 저렇게 큰 광고판이

있다니, 과연 동방의 조그만 나라 대한민국의 위상이 이렇게도 높은가! 감탄을 마지않았다.

8월 9일 (일요일) 러시아 (상트페테르부르크)

모스크바대학을 바라보는 레닌 언덕에서 몇 장의 기념사진을 찍고 난 후 우리 DEC 단원들은 모스크바 통합 장로교회에서 주일예배와 제11차 해외 순회 연주의 순서를 갖게 되었다. 고국을 그리워하는 현지 러시아 교민들과 함께 부른 찬양은 모든 사람들을 감동시켰다. 교회에서 정성껏 마련한 한식 뷔페로 점심을 먹은 후 FI 190편으로 모스크바를 출발하여 상트페테르부르크에 도착하였다.

　이 도시는 모스크바와는 달리 18세기 바로크 양식의 아름다
운 건축물들이 중세의 고도답게 역사를 고스란히 안고 있는 듯
했다. 만찬 후 드디어 백야 투어를 하게 되었다. 밤 10시가 되어
도 환한 낮이다. 시민들은 옷을 벗고 잔디 위에 앉기도 하고 눕
기도 하며 백야를 즐기고 있었다. 쭉쭉 뻗은 백인계 러시아인들
은 혁명을 치르지 않은 사람들처럼 자유스럽게만 보였다.

　다음은 건너편 표트르 대제 청동 기마상을 보고 남쪽에 있는
이샤크 성당을 바라보았다. 동서 길이 111.2m 높이 101.5m 수
용 인원 14,000여 명의 세계적인 규모의 성당이다. 우리가 늦게
도착하여 교회 문이 닫혀 내부를 보지 못하여 안타까웠다.

　이 성당은 100t이 넘는 금으로 장식되었고 곳곳에서 생산된

112가지 보석돌로 기둥이 꾸며져 있다. 우랄산맥에서 생산되는 초록색 공작석으로 만든 모자이크 조각 기둥 등은 바티칸 성당과 비교하여 내부의 화려함이 보는 이들을 놀라게 했다. 성서의 장면이나 성서 속의 인물들을 150명 이상이나 묘사해 놓은 모자이크화가 62점이나 된다고 했다. 직접 보지 못하여 안타까움을 금할 수 없었다.

8월 10일 (월) 표트르대제의 여름 궁전

그 유명한 표트르 대제의 여름궁전을 관람하는 날이다. 입구에서 한국 사람이 들어오는 것을 어떻게 알았는지 악단들이 아리랑을 연주해 주어서 정말 신이 났다. 벗어놓은 모자에 팁을

던지는 사람, 흥겹게 노래를 부르며 장단을 맞추는 사람….

여름 궁전에 들어서니 먼저 분수 정원이 눈에 들어왔다. 정말 깜짝 놀랐다. 끝을 모르는 긴 운하가 가로 세로로 뻗쳐 있고 갖 가지 모형에서 물을 뿜어내는 형형색색의 물줄기와 대리석 조 각들이 음악과 어우러져 장관을 이루고 있었다. 제정 러시아의 황제들은 이렇게 호화로운 궁전에서 이런 정원을 거닐면서 누 리고 살았던가? 과연 북쪽의 베니스라고 부를 만했다.

우리는 아쉬움을 뒤로 한 채 다음 여행지인 핀란드로 가기 위 해 고속 열차인 시벨리우스 호에 승차하였다. 헬싱키에 도착했 을 때는 어두움이 깔린 밤이었기에 으스스한 추위를 느끼며 곧 장호텔 HOLIDAY INN에 짐을 풀었다.

8월 11일 (화) 핀란드 헬싱키

우리나라는 삼복더위가 한창인 더울 때인데 이곳 헬싱키는 서늘한 가을 날씨이다. 대통령도 자주 들린다는 마켓광장에서 샌픽품을 팔고 있는 이른바 난전을 둘러보고 수오멘리나 섬을 가게 되었다. 그곳은 외세의 잦은 침범을 대비하여 돌 벽을 뚫 고 쌓은 철통같은 요새를 지었다. 이 섬은 세계 문화유산으로 등록되어 있기도 했다.

다음은 암석 산을 폭파하여 지은 세계적으로 유명한 암석교 회 템페리아우키오에 도착하였다. 단조로운 외형에는 돔 지붕

이 유일한 교회의 모습을 보인 것 같다. 동굴 속을 들어가는 기분이었으나 막상 우리 앞에 펼쳐진 내부는 방사선형의 높은 돔, 천정이 온통 구리로 둥글게 둥글게 곡선을 그리며 감겨 빛나고 있고 벽면은 암석을 쪼아서 자연 그대로의 모습을 보여주고 있다. 돔 가장자리에 있는 유리창으로 들어오는 빛이 벽면의 굴곡을 비추면서 부챗살 모양의 좌석에 띄엄띄엄 앉아있는 세계인들과 거대한 파이프 오르간, 간결한 강대상, 복잡한 장식이 없는 이 교회에서는 빈 소년합창단이나 세계의 이름난 합창단 외에는 설 수 없다는 곳인데 코리아 DEC 합창단이 여행복을 입은 채로 슈타인웨이 피아노 반주에 맞춰 주 하나님을 찬양했다. 음향 효과를 최대한 나타낼 수 있는 시설이었기에 6, 70대의 낡은 목소리들의 불순물을 제거하여 더욱 아름답게 들렸을 듯하다. 박수갈채 속에서 단상을 내려 왔다. 다음은 핀란디아 작곡가인 시벨리우스 공원에서 파이프 오르간을 상징한 조형물과 시벨리우스 흉상과 기념비 앞에서 기념사진을 찍었다.

　시청사 등을 관광하고 스웨덴의 스톡홀름을 가기 위해 초호화 유람선 실자라인(SILJA LINE)호에 승선했다. 오늘은 이 바다 위의 호텔에서 그것도 바다 풍경을 바라볼 수 있는 전망 좋은 객실을 받아 우리 부부는 영화에서나 보는 수준 있는 낭만을 즐기며 선상 뷔페식 후 객실 밖의 여러 부대시설을 이용하는 자유시간을 가졌다.

8월 12일 (수) 스웨덴 (스톡홀름)

새벽녘에 스톡홀름 부두에 도착하여 12층 갑판 위까지 올라가 북유럽의 베니스라 일컫는 시가지를 조망했다. 유서 깊은 건물들이 독특한 멋과 매력을 느끼게 했다. 바람이 어찌나 세찬지 모자며 머플러가 다 날아갔다. 모두 다 움켜쥐느라 야단이었다. 하선하여 언덕 위 높은 곳에서 내려다 본 동네는 붉은 기와지붕에 초록빛 정원수와 적당히 어울려 꼭 동화 속에 나오는 아름다운 한 폭의 그림과도 같은 마을이 눈앞에 펼쳐졌다. 과연 깨끗한 북구의 나라 발트 해안의 아름다운 모습들이었다.

구시가지 '감라스탄' 지구를 거닐면서 왕궁과 유서 깊은 대성당, 중세풍의 디자인이 독특한 시 청사를 보고 '바사호' 박물관으로 들어갔다. 가장 오래된 바이킹 배의 내부를 자세히 볼 수 있었다. 오찬은 스톡홀름 전망대에서 깨끗한 시내와 주변 환경을 관망하면서 스웨덴 특식인 연어 스테이크를 맛있게 먹었다.

8월 13일 (목) 노르웨이 (오슬로)

CLARION PLAZA(클라리온 플라자)호텔에서 조식 후 스웨덴의 칼스타드에서 전용차량으로 노르웨이의 수도 오슬로에 도착하였다. 중앙역에서 왕궁까지 이어지는 오슬로의 대표적인 번화가 '카를 요한' 거리를 거닐면서 노르웨이 국왕의 궁전인 왕궁을 멀리서 조망했다.

GDP가 9만 불이나 된다는 이 나라는 인구는 적으나 국토는 넓고 자원이 풍부한 나라였다. 국민성은 낙천적이면서도 개방적이고 자연을 사랑하고 잘 보존하고 있었다.

다음은 세계적인 조각가 구스타프 비겔란의 조각 공원을 찾았다. 넓디넓은 정원에 1,600여 점의 조각들이 인간의 생애별로 잘 빚어져 있었다. 명품 중에 명품이었다. 저절로 터져 나오는 탄성을 누를 길 없었다. 언젠가 달력 사진 등에서 인간의 육체에 곡선을 살려 고물고물 오벨리스크 같은 높은 기둥을 감싸 이루고 있던 인체의 조각을 보고 도대체 여긴 어딜까 했더니만 바로 이 공원이었다.

　구스타프비겔란은 노르웨이 출신 조각가로 200여 점의 작품을 초원에 세우고 17m의 화강암 조각상에 슬픔과 절망, 괴로움에 몸부림치는 인간 군상을 겹치고 포개어 하늘을 향해서 빈틈없이 쌓아올린 모놀 리트(MONOLITH)는 정말 명작이었다. 이렇게 수많은 명작들을 이 넓은 공간에 전시해 놓은 것을 보니 참 위대하다는 느낌이 들었다. 중식 후 동계올림픽의 도시 릴레함메로에서 스키장의 규모와 아름다운 경관을 둘러보고 1891년에 국왕의 삼림 휴양지였던 고풍스런 목조 호텔에서 휴식을 취했다.

8월 14일 (금) 피오르드와 푸른 빙하

노르웨이 일정의 하이라이트인 가장 아름다운 절경으로 유명한 피오르드, 게이랑에르-헬레쉴트 구간을 순례하면서 유람선에 승선하였다. 황홀한 절경을 감상하면서 전 단원이 '주 하나님 지으신 모든 세계'를 혼성 코러스로 북유럽 산하에 메아리쳐 울리게 했다. 노르웨이의 이 대자연의 아름다움을 어디에 비유할 수 있을까? 오찬 후에는 북유럽의 푸른 눈 '브릭스달의 푸른 빙하'를 보기 위해 전동차를 타고 빙하가 녹아 흘러내리는 근처까지 갔다. 엄청 큰 얼음덩이 하나를 들고 사진을 한 컷 찍고 이렇게 계속 빙하가 녹기만 한다면 어떻게 될까? 지구 환경변화의 미래를 생각하면 조금은 우울했다.

8월 15일 (토) 로맨틱 열차 풀롬라인

세계 최장의 터널인 라르달 터널(24.5km)을 버스로 통과한 후 송네 피오르드의 한 구간을 더 감상한 후 풀 롬으로 이동하였다 로맨틱 열차인 '풀롬라인'에 탑승하여 여유 있게 좌우 경관을 바라보았다. 어쩌면 높은 산과 풍부한 물과 산줄기에서 내려치는 수많은 실 폭포들과 아슬아슬한 언덕을 굽이쳐 내려가는 폭포가 아닌 일렁이는 물들과 아, 아! 산하가 어쩌면 이렇게도 웅장하고 절묘하며 깨끗하고도 아름다울까?

열차 안에서 도시락을 먹으면서 벌써 이 여행의 종말이 아쉽기만 하다. 내일이면 프랑크푸르트 행 비행기를 타야 한다. 물빛이 푸르다 못하여 꼭 물감을 풀어 놓은 듯한 크뢰단 호수를 지나면서 오슬로로 향하였다.

8월 16일 (일) 실케루터 교회

오늘은 주일, 예배와 찬양을 위해 오전 11시에 '실케루터' 교회에 도착했다. 울창한 푸른 숲 사이에 아담하게 세워진 교회이다. 북유럽 3개국은 모두 개신교인 루터-교회였으며 가톨릭과 같이 내부가 복잡하고 화려한 장식이 없는 것이 특징이었다.

거의 국교인 기독교 나라이지만 평생 세 번만 교회를 가는 사람도 있다고 했다. 출생해서 유아세례를 받을 때, 결혼식 때, 장례식 때라고 했다.

우리 DEC 찬양단은 연주복을 입고 예배 순서에 따라 하나님께 찬양을 드렸다. 우리가 외국 순례 찬양을 많이 했지만 주로 우리 교민들 교회에서 연주를 했는데 오늘은 노르웨이인들의 교회이기 때문에 전달이나 반응이 어떨까 했는데 열렬한 기립 박수를 치는 것을 보고 놀랐다. 가이드는 국위선양을 한 역사적인 연주였다고 감탄을 하면서 울먹거렸다.

오후에 프랑크푸르트공항으로 이동하여 10박 11일간의 긴 여정을 마무리하면서 최신형 기종의 루프트한자 편으로 무사히 귀국을 하였다.

북·중 접경지역 비젼트립

(백두산을 오르다)

　백두산을 오르려고 계획한 여행자들은 날씨 때문에 천지연을 못 본 사람들이 많다고 들었다. 내가 아는 분 중에도 세 번이나 가서 한 번도 못 보았다는 사람도 있었다.

　우리 비젼트립퍼들도 단동에서부터 압록강을 거슬러 올라가면서 북·중 접경지역을 여행하는 중 사흘째 날에 계획된 백두산 등반이 잘 이루어질까 줄곧 걱정했는데 웬걸 아침부터 장대비가 쏟아지면서 그칠 줄을 모른다. 가이드가 "일기예보를 보니까 내일부터 여행이 끝날 때까지 좋은 날씨가 없다는데 일정을 바꿀 수도 없고, 어쩌면 좋겠습니까?"

　우리 의견을 물었다.

　"여기까지 왔는데 비가 오거나 말거나 백두산으로 갑시다." 란 우리들의 의견에 "가도 아무것도 볼 수 없는데." 하더니만 "하여튼 가 봅시다." 한다

차창을 때리는 댓줄기 비를 가르고 장백에서 백두산을 향하였다. 유리창으로 줄줄 흘러내리는 빗물을 보니 생애에 한 번뿐일 것 같은 백두산 등반이 좌절되면서 맥이 탁 풀렸다. 일단 서파 주차장까지 엄청 시간이 걸려 가면서 헛일을 하는 것 같았는데 차에서 내리니 신통하게도 비가 그치고 서틀로 갈아타고 굽이굽이 올라가 산 아래 층계까지 도착했을 땐 해님이 방긋했다.

모두 신기하다면서 1142계단을 끈기 있게 오르며 주변을 두루 살폈다. 드디어 2744m 정상을 바라보는 곳까지 왔다. 와 아! 천지다! 아름다운 물 빛깔이 장엄하기까지 한 백두산 천지!

우리 부부는 감격에 넘쳐 두 팔을 번쩍 들고 물로 뛰어들 듯

이 내려다보았다. 2007년 남미 안데스산맥에 있는 3300m 고지의 잉카호수와 비교했을 때, 넓이도 훨씬 넓었고 물 빛깔도 청색, 더 짙은 남색, 옥색, 엷은 하늘색 등 다양한 색상의 투명하고 맑은 물이었다. 석회암이 녹은 뿌연 물빛과는 아주 달랐다.

나는 이 가까운 곳에 있는 우리나라 백두산 천지를 이제야 보고서는 감탄을 마지않았다. 하늘에는 변화무쌍한 구름이 모였다 흩어졌다. 우리가 한 40여 분 머무는 동안 제대로 가만있지를 못 했다. 밧줄로 경계선을 만들어 들어가지 못하게 하는 북한 영역에 우리는 모르고 들어갔다. 중국 경비원이 소리를 질렀다. 아니나 다를까 사진을 1장 찍으면 들어가도 된다고 했다. 찍고 나니 1장에 만 원이라고 했다. 하산할 때 만원을 주고 샀다. 만원이 아깝지 않은 좋은 기념사진이었다.

　연길, 훈춘, 방천으로 이동 중 두만강 대교 녹둔도 망해각을 보고 두만강에서는 건너편 북한의 산천과 삶의 모습을 보며 강물에 손을 담갔다. 바지를 걷고 건널 수 있는 얕은 물길이었다. 도문 용정으로 이동하여 해란 강과 윤동주 생가를 방문하였다.

　피 끓는 젊은 20대로 요절한 윤동주 시인을 생각하니 암울한 시기에 태어났던 이 선구자는 조국의 광복도 보지 못하고 절절한 시만 남기고 안타까이 떠나갔다. 나는 시집을 한 권 사서 귀국하는 길에 계속 읽고 음미했다.

민족의 한

그들은 왜 돌을 던졌을까?
우리들을 향하여
그들은 왜 손가락질을 했을까?
우리들을 향하여

우리들은 반갑다고 반갑다고
손을 흔들었는데
그들은 왜 일그러진 얼굴로
욕설을 퍼부었을까?

뚝! 부러진 압록강 대교
여기에 민족의 한이 서려있다.
검은 바윗돌의 국경 감옥

무슨 죄를 지은 이들이 있길래

장백에서 바라본 혜산 시
혜산에선 언제 장백을 바라볼꼬…?
백두천지에서 북한 땅을 밟았다.
두만강따라 훈춘에서 러시아 땅을 밟았다.

하루 동안에 세 나라 땅을 밟았다.
아, 저기가 아오지 탄광이다!!
어디? 어디?
달리는 버스 안에서 흥분하는 비전트립퍼들

미 동북부 지역과 캐나다 종단

2014년 7월 4일 우리 DEC합창단은 뉴욕 케네디공항에 도착, 중식 후 뉴욕테마관광을 시작했다. 남편과 나는 여러 번 다녀간 곳이라 몇 년 사이에 변화된 모습들을 재음미하며 뉴저지 주의 호텔 SOMERSET에 휴식을 취했다.

우리는 방 배정을 잘 받아 허드슨 강 넘어 뉴욕 시를 바라볼 수 있는 방이었다. 마침 이날은 미국 독립기념일이어서 맨하튼 쪽에서는 불꽃놀이가 한창이었다. 남편은 일찍 잠자리에 들고 나 혼자 발코니에서 갖가지 빛을 발하는 불꽃들이 공중에서 터지면서 허드슨 강변을 훤히 비춰 주는 것을 보고 미국에 온 나를 이렇게도 반겨주는가 생각했다. 혼자 보기 너무 아까운 광경들이었다.

이튿날 다른 룸에 있었던 단원들은 아무도 이 불꽃놀이를 못 보았다고 했다. 조식 후 필라델피아로 이동하여 미국 독립역사

공원을 둘러보며 자유의 종과 인디펜스 홀에서 역사적인 인물, 그 시대상을 관람하고 버지니아로 향하였다. 마침 대장합의 단원이었던 조옥만 장로님 댁에 만찬 초청을 받아 워싱턴 시내로 들어가기 전 푸른 숲 사잇길을 이리저리 찾아든 조 장로님 댁은 어마어마한 대 저택이었다. 연세가 높아 한국에서의 치과병원을 정리하고 이곳 아들 집으로 합가하게 된 것이다. 옛 단원들의 워싱턴 순회 연주 소식을 듣고 초청한 것이다. 단원과 단원 가족을 합하여 100여 명이 넘는 손님들을 맞이한다는 것은 정말 엄청난 일이었을 것이다.

그런데 저택도 얼마나 크고 넓은지 지하의 큰 홀에 100여 명이 다 한자리에 앉게 되고 가족들과 접견 인사를 나누었다. 지하 1층 지상 2층 건평이 900평, 정원이 3,000평이나 된다고 하니 정말 놀랍기만 하다. 나는 대형 스크린이 한 벽을 차지하고 있는 영화관 같은 홀과 넓은 실내 공간 곳곳에 적당히 자리 잡아 세워진 가구들, 장식품들이 우아하고 참 조화로웠음을 느꼈다.

한시 뷔페에 풍성한 고기를 곁들여 온 단원이 포식을 하고 감사예배를 드린 후 호텔로 이동하였다. 너무나 고마운 분들이었다. 주일날은 워싱턴 올네이션스 교회에서 제14차 해외 연주의 순서를 가졌다.

오후에는 시내 투어로 워싱턴DC의 백악관과 국회의사당, 링컨 기념관과 그 옆에 있는 한국전쟁 참전비 등을 다시 보면서

6.25에 참전 전사한 수만 명의 미군들을 추모했다. 너무나 큰 희생이었다. 동방의 작은 나라 대한민국이 어려움을 당했을 때 이들은 목숨을 돌보지 않고 싸워 자유 대한민국을 지키게 해 주었다. 묘지 위쪽으로 올라가니까 '꺼지지 않는 불'의 케네디 대통령의 무덤이 있고 지금껏 타고 있는 불꽃을 보면서….

펜실베이니아의 수도인 해리스버그로 이동하여 레디숀호텔에 휴식을 취했다. 이튿날 해리스버그를 출발한 지 6시간 만에 미국 측 나이아가라폭포에 도착하여 우의를 입고 염소 섬 아래 목조 산책길을 우아~! 소리치면서 풍부한 수량을 가장 가까이에서 경험했다. 물벼락도 맞고 가족들과 함께 와서 웃으며 소리치며 카메라가 젖고 했던 추억들이 생각난다.

레인보우 브리지에서 국경을 통과하여 캐나다 측 폭포로 이동하여 테이블락 전망대에서 주욱 전모를 조망했다. 그제나 지금이나 변함없는 U자 형의 폭포와 저 멀리 보이는 미국 측 폭포도, 염소 섬도….

석식 후 폭포의 야경을 보기 위해 공원으로 나왔다. 저 멀리서 서치라이트로 폭포를 향해 오색찬란한 빛을 보내니 정말 환상적이었다. 우리는 갖가지 색으로 변하는 물 빛깔을 보며 산책한 후 호텔 라마다 프라자에서 휴식을 취했다.

나이아가라 폭포는 네 번째인 것 같다. 가족과 두 번 여행단과 두 번, 이번 여행에서는 이때까지 경험하지 못했던 나이아가라 야경투어가 무척 인상적이었다. 다음날은 캐나다의 제1도시인 토론토 시내로 들어가 1891년의 구 시 청사와 1965년의 신시 청사를 하이웨이 위에서 바라보며 자유 시간을 가졌다. 토론토 최고의 명소인 멋진 건축물들과 독특한 갤러리, 카페, 레스토랑 등 예술과 문화가 공존하는 보행자 전용 거리를 거닐면서 한가한 투어를 했다. 토론토 대학 캠퍼스에서는 한참을 머무르면서 전통 있는 대학의 면모와 아름다운 교정과 정원을 감상하며 몇 컷의 사진을 찍었다. 이 토론토 대학의 연구진에서 인슐린을 발명하여 당뇨 환자들에게 큰 기여를 하고 있으며 명문대학이기도 했다.

천 섬으로!

　프랑스의 향기가 짙은 몬트리올로 가는 도중 킹스턴에서 무릉도원과 같은 천 섬 관광에 나섰다. 세인트로렌스 강은 길이가 1,197km로 온타리오 호에서 대서양으로 흘러 들어가는 강폭이 넓고 수량이 풍부한 강이며 수위의 변화가 거의 없다고 했다. 이 강에는 약 1,865개의 작은 섬이 여기저기 떠 있는데 마치 수많은 배들이 집 한 채와 몇 그루의 나무를 싣고 떠다니고 있는 듯한 느낌을 주었다. 집 한 채와 나무 한 그루를 심을 수 있는 땅이면 섬으로 인정한다고 했다. 미국과 캐나다 사이로 흐르는 이 강의 섬에는 두 나라 땅 대부호들의 호화스러운 별장이 녹색 정원수와 맑은 강물, 푸른 하늘, 흰 구름과 조화를 이루며 지상

낙원과 같은 별천지를 이루고 있었다. 야! 이런 곳도 다 있는가?
조금 큰 섬에는 고성과 같이 크고 아름다운 건축물과 숲, 작은
섬에는 아담한 집 한 채와 나무 한 그루, 모두 녹색 잔디로 옷을
입고 있었다. 특이한 것은 두 섬이 10m 가량 떨어져 있는 곳에
무지개다리가 놓여 있었다. 그 다리의 가운데가 국경이었다. 위
쪽은 캐나다 아래쪽은 미국, 각기 자기 나라의 국기가 펄럭이고
있었다. 아치형의 다리 가운데는 색깔로 국경선을 표시해 놓고,
참 사이좋은 두 섬이었다.

몬트리올

몬트리올에 들어오면서 70년대의 금메달 리스트 양정모 선수
를 생각해 보았다. 귀한 첫 메달이었기에….

저녁 수요 예배 때엔 몬트리올 사랑교회에서 해외 순회 연주
를 갖게 되어 석식 후 단복차림으로 교회에 들어섰다. 깜작 놀
랄 분을 만났다. 10여 년 전에 캐나다로 가셨다는 소식만 알고
있었던 정문성 목사님이셨다. 이런, 넓고도 좁은 세상! 그날은
연합예배인데 사회를 맡으셨다고 한다. 우리는 너무 반가워서
허그(Hug)를 하면서 반가움을 금치 못했다. 예배 후 밤늦게까
지 두 사람을 위하여 시내 곳곳의 명소를 안내해 주고 몬트리올
야경을 보여 주셨다.

퀘벡

　다음날 조식 후 유네스코 문화유산의 도시, 퀘벡으로 이동
하였다. 퀘벡의 상징인 유명한 샤토프롱트낙호텔을 배경으로
기념사진을 찍었다. 이 호텔은 다름 광장에 위치하고 있는 고
전 양식의 호텔로 세인트로렌스강이 내려다보이는 곳이기도
하다.

　이곳은 완전히 프랑스 파리 같기도 하고 언어도 불어를 쓰고
있었다. 다름 광장에서는 퍼포먼스를 선보이는 거리 예술가들

중심으로 사람이 모여 들고 뜨레조르 거리에는 몽마르트 언덕 같이 초상화를 그리는 화가들도 보였다. 하여튼 풍성한 구경거리와 즐비한 가게, 먹을거리, 사람들 그러나 조용하고 신사적이며 멋이 있는 풍경이었다.

오후에는 조금 떨어진 곳에 위치한 몽모렌시 폭포를 관광했다. 대형 폭포를 보던 안목에서 또 색다른 느낌을 주는 좀 귀족적인 폭포라고나 할까? 폭은 좁지만 풍부한 수량이 한 골짜기로 쏟아지는 모습은 장관이었다.

미 동북부와 캐나다 퀘벡까지 남북 종단은 정말 멀기도 했다. 버스 길은 계속 양쪽에 숲을 끼고 하염없이 달려 7시간 만에 호반의 도시 레이크죠시에 도착했다. 호수가 아름다운 산책로에서 감성 투어를 하고 곧장 뉴욕 외곽지인 우드 베리 아울렛을 방문했다. 넓은 범위에 펼쳐 있는 아울렛에는 명품 브랜드로부터 캐주얼브랜드, 주방용품, 신발까지 20~70%까지 다운된 가격에 사람들이 흥분해서 혼잡을 이루고 필요 이상으로 구매했다.

디인스 스퀘어

뉴욕시에 다시 돌아와 그날 저녁 야간 투어에 참여했다.

타임스 스퀘어!

맨해튼의 중앙부를 비스듬히 뻗는 브로드웨이 42번가와 만나는 삼각지대로 레스토랑, 영화관, 상점이 밀집해 있는 뉴욕 제일의 번화가로 알려진 곳, 웬 사람들이 그리도 많은지? 북적거리는 틈을 비집고 남편과 나는 층계처럼 된 스탠드에 자리를 잡았다. 휘황찬란한 불빛 속에 번쩍이는 광고판들이 우리 눈길을 끌었다. 거기엔 단연 현대와 삼성이 좋은 위치에서 관광객들의 눈길을 사로잡았다. 가이드의 설명에 의하면 이 빼곡히 들어 찬 사람들의 90%가 외국 관광객이고 겨우 10%가 미국인이라고 했다.

13일 주일은 뉴욕 프라미스 교회에서 마지막 연주를 하고 바쁜 일정이라 공항으로 가는 버스 속에서 연주복을 평상복으로 갈아입고 KE 082편으로 JFK공항을 떠났다.

10박 11일간의 여행 중 109명이 대형 버스 두 대로 미 동북부와 캐나다를 누빈 거리는 약 4,200km이나 다치거나 몸이 불편한 사람 하나 없이 무사히 마쳤음은 하나님의 크신 은총이라 생각하고 감사했다.

동부 유럽을 여행하면서

2016년 7월 12일(베를린)

인천공항 출발 이스탄불을 경유하여 독일 베를린공항에 도착한 시각은 오전 9시 35분 왕립궁정교회 앞에 온 단원이 모여 수요 기도회를 마치고 베를린 시내로 이동하여 베를린 국립오페라극장, 전쟁 당시 파괴된 모습을 그대로 간직하고 있는 카이저 빌헬름 교회, 전승 기념탑, 브란덴부르크 문, 베를린의 미래를 보여주는 포츠담광장 등을 순례하고 베를린 장벽의 일부분 남겨둔 곳을 의미 있게 바라보았다. 헐다가 기념으로 남겨둔 벽에 벽화를 그려둔 것도 낡아 있었고 구멍이 난 곳도 그대로 방치해 역사적 아픔을 담고 있는 장벽!!

독일은 이렇게 통일됐다.

1999년 금강산을 다녀오면서 우리도 서독처럼 통일 후에 고생하는 아픔을 겪더라도 통일이 되었으면 했던 생각을 현장에

286

와 보고 새삼 느껴본다.

루터의 종교개혁지 순례 (비덴베르크, 아이슬레벤, 에어프르트, 이이제
나르, 라이프치히, 드레스덴)

마르틴 루터의 종교 개혁 500주년을 앞두고 루터의 삶의 발자
취를 따라가 보면서 그 지역에 남아 있는 유적들을 답사했다.

비덴 베르크 궁성교회 문에 박혀 있는 95개조의 반박문, 거무
스름한 철문에 빼곡히 박힌 글들이 아직도 잘 보존되어 있었다.
500여 년 전, 중세 때 가톨릭교회의 쇄신을 요구하며 세상을 발
칵 뒤집은 종교개혁은 루터 혼자만의 일이 아니었던 것도 이번
여행을 통해 알았다. 당시 100년 전에 화형을 당했던 얀 후스의
영향과 멜란히톤, 그 당시의 독일 황제 등 주변 여건들이 루터
가 그 큰일을 감당하도록 많은 도움을 주었다.

오후엔 아이스레벤으로 이동하여 루터의 생가, 유아세례 받
은 곳, 마지막 설교를 한 안드레와 교회, 임종했던 집, 여러 곳
에 세워진 루터의 동상들과 에어프르트에선 루터가 회심한 검
은 수도원, 어거스틴 교회를 방문하였다. 조식 후 아이제나흐로
이동하여 바르트부르크 고성을 순례하기로 했다. 7월인데도 날
씨가 얼마나 쌀쌀한지 좀 두꺼운 옷을 위에 두르고 가파른 산길
을 올라갔다. 그 성채 안에는 루터가 성경을 독일어로 번역한
방이 있고 그 시대의 물건들을 박물관처럼 잘 보존하고 있었다.

라이프치히를 거쳐 오후에는 112km 떨어진 체코의 국경지대
에 있는 드레스덴으로 향하였다.

　바로크의 진주라 불리는 드레스덴의 츠빙거 궁전은 왕관 모
양의 문이 눈을 끈다. 고색창연하면서도 그 시대의 정수를 한
몸에 표현하는 건축물이다. 이 궁전은 아우구스트 2세 통치 시
기 풍부했던 예술과 문화를 반영하는 완벽한 미를 보여 주는 궁
전이다. 해가 뉘엿뉘엿 질 무렵이라 슈탈호프의 '군주의 기마
상' 벽화를 아쉬운 듯 죽 훑어보면서 바쁜 일정을 마무리했다.

　체코의 프라하

　이제 우리는 독일 루터의 자취를 따라 6개의 도시를 답사하
고 전용버스로 체코로 향하였다. 차창 밖으로 알프스산맥을 바
라보며 발칸반도의 북쪽에 위치한 프라하로 이동했다. 드레스

덴에서 약 151km 떨어져 있어 버스로 3시간 정도 걸렸다.

성 비트 대성당을 위시하여 프라하 성, 황금소로, 카를다리, 바츨라프 광장 등을 관광하던 중 이렇게 많은 사람이 한꺼번에 모여 몸을 서로 비빌 정도로 서서 한 곳을 응시하며 서 있는 광경은 처음 보았다. 바로 구 시청사 탑에 있는 천문시계 앞이었다. 때는 정오 12시를 알리는 시계의 움직임을 보기 위해서 온 세계인이 다 모였다. 600여 년 전에 지은 이 천문 시계는 아직도 움직이고 있는 유럽에서 가장 아름다운 벽시계라고, 뎅뎅~ 시계판이 열렸다 닫혔다 요정 같은 조각들이 움직이고 하여튼 그걸 보려고 모여든 사람이 발 디딜 틈이 없을 정도였다. 참 프라하 성의 상징 같은 천문시계였다.

프라하 성

프라하 성 광장에서는 얀후스(거위라는 뜻)의 동상을 배경으로 단체사진을 찍었다. 100년 전에 종교개혁을 하려다가 화형을 당한 그는 100년 후엔 불에 타지 않는 백조가 나타나서 이 개혁을 이룰 것이라는 예언을 했다는데 마침 루터가 이 일을 이룩하였다고 한다. 틴 교회, 성비트 대성당 등 여러 성당의 내부는 정말 화려하였다. 황금빛으로 물들인 조각상, 천사의 날개, 좌우 사면, 천정까지의 명화, 바티칸의 베드로 성당과는 비교가 안 되지만 오후에는 체코 제2 도시인 부르노로 이동하여 석식을 호텔에서 먹고 내일 일정인 오스트리아의 비엔나로 가기 위해 푹 쉬었다.

오스트리아의 비엔나

다섯째 날 이날은 주일이어서 비엔나 한인교회에서 교민들과 함께 예배를 드리고 제15차 해외연주를 가졌다. 비엔나 교회는 그리 크지는 않으나 아담하고 엄숙한 분위기였다. 교인들이 이국땅에서 전통적이고 보수적인 신앙을 지키고 있었다. 특히 교인들 중에는 음악을 전공하는 사람이 많아 우리 DEC합창단은 위축감을 좀 느꼈으나 우리 수준대로 성의껏 하나님을 향한 찬양을 드렸다. 참으로 세상은 넓고도 좁다고 이곳에서 우리 교회 (대구제일)원로 장로님 아드님을 만나게 되었다. 최두현 장로 님이시다. 반갑게 인사를 나누고 이곳에 정착하면서 교회를 열 심히 섬기며 봉사하는 모습이 보기 좋았다. 오찬은 교회에서 비 빔밥을 준비해서 고국을 떠난 지 며칠 만에 한식, 그것도 정성 드려 갖은 나물을 볶고 무쳐 야들야들한 쌀밥에 고추장을 얹어 비벼 먹으니 정말 맛이 있었다.

쉔부른 궁전

오후엔 비엔나 시내를 순례하면서 먼저 쉔브른 궁전에 도착 하였다. 드넓은 정원과 우거진 수목 울타리들, 저 멀리 분수대

가 있는 정원 끝까지 걸어보려고 하니 엄두가 나지 않는다. 굴곡이 없는 운동장 같은 평평한 땅에 푸른 잔디와 아름다운 꽃들로 수를 놓았고 나지막한 정원수들이 사이사이에서 조화를 이루고 있었다. 궁전 내부로 들어갔다. 호화로운 인테리어에 고풍스러운 양탄자와 벽마다의 명화, 왕실가족들의 초상화, 중후한 색감의 가구들, 크리스털로 된 화려한 샹들리에, 황금빛 나는 장식품들! 아, 사진을 못 찍게 하니 너무 섭섭했다.

합스부르크 가문의 여름 휴양지이기도 한 바로크양식의 이 궁전에서는 여섯 살 난 꼬마 모차르트가 황제 프란츠 1세와 그 여제의 초대로 피아노 연주를 했던 곳이라고도 했다.

음악가의 묘지

오페라 극장을 거쳐 음악가의 묘지에 이르렀다. 거기에는 유명 음악가들의 묘지로 베토벤, 모차르트, 바흐, 요한 슈트라우스 등이 묻혀 있고 아름다운 비석과 조각들, 꽃과 수목들로 장식된 아주 화려하면서도 무거운 느낌을 주는 공원이었다. 자세히 보니 알만한 음악가들이 거기에 다 잠들어 있었다. 정말 비엔나가 세계적인 음악의 도시였다는 면모를 보여 주는 듯 했다. 석식은 호이리게로 한 후 호텔로 이동하여 휴식을 취했다.

그라츠

다음날은 그라츠 시내로 이동하여 프란체스카 성당과 그라츠 현대 박물관 외관을 둘러보면서 무어 강의 현대적인 인공 섬에 도착했다. 멀리서 보았을 땐 강 한가운데에 달팽이 모양의 큰 물체가 떠 있는 것이 별것 아닌 것 같았으나 내부로 내려가 보니 굉장히 큰 현대식 건물로 만든 멋진 인공 섬이었다. 오찬은 중국식 뷔페로 먹었다.

슬로베니아

오후에는 219km나 떨어진 슬로베니아의 브레드에 도착하였다. 전용버스로 브레드 호수에 내려 마리아 섬으로 가기 위해 플레티나 유람선을 탔다. 물 빛깔이 얼마나 아름다운지! 이 호수는 저 멀리 보이는 알프스의 만년설이 녹아내려 이루어진 호

수로 물 빛깔이 에메랄드 색이다. 짙은 에메랄드 빛깔의 물살을
가르며 마리아 섬에 도착하여 승천교회의 '소원의 종루' 가 있
는 곳까지 올라갔다. 그 정상에서 내려다 본 경관은 참으로 원
색적이며 아름다웠다. 슬로베니아의 수도 류블라나에서 휴식
을 하였다.

포스토이나 동굴

　이제 우리는 세계 유명동굴의 하나로 석회암 동굴인 포스토
이나 동굴을 2km 정도 모노레일을 타고 들어갔다. 이 동굴은
세계 최초로 개발된 슬로베니아의 관광 동굴로 백악기의 석회
암을 모암으로 17.8km의 주 굴이 개발되어 있다고 했다. 여러

개의 지굴까지 합치면 50km가 넘는 거대한 동굴이라고 했다. 코스를 따라 올라가면서 기기묘묘한 자연이 빚어낸 조각품인 거대한 종유석과 석순을 감상했다.

나는 우리나라의 석회암 동굴(성류굴, 환선굴, 고수동굴)과 미국의 버지니아 주에 있는 루레이 동굴, 중국의 황룡 동굴 등을 이미 보았기에 비슷하기는 하나 규모라던가 거대함의 차이가 있었다.

크로아티아

오후에는 슬로베니아 국경을 넘으면서 크로아티아의 아드리아 해안 도로를 달렸다. 얼마나 아름다운 해안 도로인지 과연

동부 유럽이구나! 절경이 눈앞에 펼쳐지면서 아쉽게도 휙휙 지
나갔다. 저녁때가 되어 자다르에 도착하여 호텔에 여장을 풀었
다. 우리 부부는 발코니에 나와 저녁노을이 깔린 바다를 바라보
며 그 아름다움에 잠시 도취되었다.

　다음날은 수요 예배를 마친 후 바다 오르간을 감상하였다. 파
도가 만들어 낸 음악이다. 파도가 쉴 새 없이 신기한 음을 파이
프를 통하여 들려주고 있다. 바닥에 엎드려 공기통 구멍에 귀를
대니 자연이 작곡한 신비한 판타지가 우주공간을 흔드는 듯하
였다. 자다르 시내를 순례한 후 130km 떨어진 트로기르로 이동
하여 현지식으로 중식을 먹었다. 시 청사, 광장, 성로렌스 성당
을 관람한 후 4시간 걸려 두브로부닉으로 이동하여 Grand

Hotel에서 휴식을 취했다.

크로아티아는 아드리아 해안을 끼고 있는 긴 나라다. 아름다운 항구에 도시는 웅장한 모습이고 바다도 옥 빛깔이며 크고 작은 섬들이 여기저기 자리하고 있어 배를 타고 섬을 둘러보며 연안의 붉은 기와지붕의 모습과 두브로부닉의 성채를 바라볼 수 있었다. 성벽은 아주 튼튼한 요새시였다. 우리는 입장료를 내고 두브로부닉 성벽 투어를 시작하였다. 7월의 폭염 속에 그늘도 없는 성벽 투어에서 단원들은 모두 지친 모습이었다. 우리는 좀더 높은 곳에서 조망하기 위해 벤에 탑승하여 스르지 산 산정까지 올라가 한눈에 두부로부닉과 연안 바다를 내려다보았다. 시야가 넓어지면서 눈앞에 전개되는 광활함과 아름다움에 감탄이 절로 터졌다.

오후 6시경에 스피릿으로 이동하여 바닷가 언덕에 자리한 크로아티아 최고의 호텔인 KATARINA에 여장을 풀었다. 저녁노을로 물들어 가는 마리아 해변에서 자유분방한 관광객들의 이모저모를 살피며 야자나무가 우거진 바닷길을 산책했다. 너무나 낭만적이고 아름다운 해변이었다.

플리트비체 공원

벌써 오늘이 여행 10일째인가? 이제 마지막 하이라이트인 플리트비체 국립공원으로 이동했다. 스피릿에서 242km나 떨어져 한 3시간 반 정도가 걸렸다.

크로아티아의 플리트비체 호수 국립공원은 1979년에 유네스코 세계자연유산에 등재되어 있다. 석회암이 녹은 몇 개 층의 호수들이 흘러내리면서 자연 댐을 형성하고 옥색, 청록색, 녹색, 푸른색으로 된 16개의 호수가 크고 작은 여러 개의 폭포로 연결되어 아름다운 경관을 연출하고 있었다. 우리는 제한된 시간 때문에 높은 곳에 위치한 호수까지는 올라가지 못하고 가장 넓은 호숫가 오솔길을 걸으면서 옥색 물속에서 헤엄치는 송어떼의 곡선미를 감상했다. 이 공원에는 희귀한 동식물들이 많이

서식하고 있으며 자연 생태계가 잘 보존되고 있었다. 호수를 멀리서 바라볼 수 있는 언덕길에 올라가서 내려다 본 여러 갈래의 실 폭포가 무슨 예술작품 같기도 하고 너무나 아름다웠다. 점심은 현지식으로 송어 숯불구이를 맛있게 먹고 자그레브공항으로 이동했다. 아름다운 동부 유럽의 여정이 이제 막을 내리고 있다.

 이스탄불 경유 인천공항으로 비행하는 동안 온통 중세 유럽의 고풍스러움과, 초록빛 산야 옥 빛깔의 물이 뇌리에서 지워지지 않는다. 11박 12일 동안 버스를 타는 시간도 많았지만 걷는 시간도 많아서 피곤한 여행이었다. 어떤 장로님이 계산한 바에 의하면 10일 동안 이동한 버스 거리가 총 3,358km이고 만보기에 찍힌 걸음은 총 17만보에 가까웠다고 하셨다.

검은 땅 아프리카

(남아공, 짐바브웨, 잠비아, 보츠와나)

요하네스버그

2018년 1월 16일 올 겨울은 예년에 겪지 못했던 혹독한 추위 속에 그 머나먼 아프리카를 어떻게 다녀올 수 있을까? 엄두가 나지 않았지만 결단력이 강한 남편의 사전 준비와 격려 속에 인천공항을 출발 4시간이 조금 더 걸려 홍콩에 도착했다.

공항에서 5시간 정도 지체한 후 SA 287편으로 남아공의 요하네스버그로 향했다. 기내에서 쪼그리고 앉아 두 번의 식사와 두어 번의 운동, 두 가지 정도의 영화감상, 눈만 감은 잠, 그러다 보니 요하네스버그 상공을 선회하면서 착륙하였다. 현지 시간으로 아침 7시, 창밖의 경관은 대단한 산악지대가 펼쳐져 있었고 검은 바위산이 병풍처럼 또는 거대한 분화구처럼, 하여튼 굉장한 고지대에 위치한 도시 같았다. 어제의 겨울에서 오늘은 여름을 맞아 공항에서 여름옷으로 바꿔 입고 시내로 이동했다. 만

델라 대통령의 일생을 담고 있는 '아파르헤이트 박물관'에 도착한 우리 DEC 찬양단은 광장에서 뙤약볕을 피해 나무그늘에 자리 잡고 모두 감사한 마음으로 도착 예배를 드렸다.

박물관 내부에서 넬슨 만델라의 생애를 관람하면서 27년의 감옥 생활에서 분노와 적개심을 삭이고 노벨 평화상을 수상한 만델라는 정말 존경을 받을 만한 분이었다. 그는 코사족의 부족장 아들로 태어나 현대식 교육을 받고 변호사로 일하면서 백인들의 구박 속에 살고 있는 흑인들을 구하려고 투쟁한 인권운동가이면서 신실한 기독교인이었다. 감옥에서 그에게 부과된 노동은 큰 돌을 망치로 깨는 일이었다. 그 돌을 깨면서 그는 정신적인 훈련을 쌓았다. 깨달은 것은 용서하겠다, 화해하겠다, 백

인도 우리와 함께 살아야 한다. 다 같이 행복하자란 합치의 실천가로 그는 드디어 1994년 대통령이 되었고 흑인 지도자로서 선정을 베풀었다.

요하네스버그 남아공의 수도는 해발 1300m~1400m의 고지대에 위치하고 있으며 금과 다이아몬드가 많이 매장되어 있다고 했다. 버스로 투어하면서 밭처럼 흙을 두둑이 쌓아 올린 평평한 흙더미 바로 그곳에서 금을 캐낸다고 하는데 즉 광맥을 따라 뚫어 들어가는 것이 아니라 그냥 금을 긁어 모은다고 한다. 매장량이 전 세계의 90%이상이라고 한다.

흑인 밀집 지역인 '소웨토' 지역으로 갔다. 버스에서 내리는 것은 위험하다 하여 파노라마식 투어로 천천히 가면서 살펴본 광경은 한마디로 비참한 주거생활 모습이었다. 말하자면 6·25 전후 판잣집 밀집 지역 같다고나 할까?

화장실도 없고 수도도 없고 공중화장실, 공중 수도를 사용한다고 했다. 머리는 한 달에 한 번 감을 정도. 머리카락이 엉켜 빗질도 안 되고 하니 아예 밀어버리는 사람이 많고 아무튼 너무나 비위생적인 생활을 하고 있었다.

그러나 이 나라는 GDP가 6,500불이나 되고 인프라가 잘 구축되어 있고 세계 신흥 부자들이 많아 요하네스버그 시가지는 유럽의 부유한 나라와 같았다. 빈부의 차이가 너무 심한 것 같았다. 백인의 저택은 담벼락 위로 전류가 흐르도록 방범 장치가 되어 있었다.

오후에는 라이언파크로 가서 차를 타고 넓은 초원을 달리면서 기린, 원숭이, 얼룩말, 사자 등 야생동물을 보았다. 가뭄으로 인해 먼지가 풀풀 일어나는 초원에서 방사되고 있는 동물들을 보면서 우리가 TV로 '동물의 왕국' 이나 '세계의 눈' 같은 프로를 보는 것이 얼마나 선명하고 리얼한가를 깨달았다.

포장된 도로를 달리면서 길 양쪽 편에 뾰족한 원뿔 모양의 진흙더미가 군데군데 있는 것을 발견했다. 사람들이 어떤 의미로 쌓았는지? 했더니만 알고 보니 개미집이라고 했다. 높이가 80cm~1m정도의 흙더미, 이곳 개미는 상당히 큰 모양인데 여왕개미 하나에 흙더미 집이 한 채, 거센 비바람과 폭풍 가운데 집은 날아가도 이 개미집은 끄떡없다고 했다. 까닭은 개미 입에서 나온 진액으로 쌓았기 때문이라고 한다.

빅토리아 폭포

나는 세계 3대 폭포 중에 하나인 빅토리아 폭포를 드디어 보게 되었다. 나이아가라 폭포, 남미의 이구아수 폭포를 거쳐 드디어 잠비아와 짐바브웨의 국경에 걸쳐 있는 빅토리아 폭포까지의 세계 3대 폭포를 보게 되었다.

상류의 잠베지 강이 흘러오면서 잠비아와 짐바브웨의 국경이 있는 협곡으로 떨어지는 길이 1.6km, 낙차 108m로 장관을 이루는 폭포이다. 먼저 짐바브웨 쪽에서 1~16코스까지 걸어가면서 대자연의 웅장한 신비를 만끽했다. 창조주 하나님의 위대하

신 걸작이었다.

와아~, 골짜기를 따라 걸어가면서 휘몰아치는 물안개와 그 사이사이로 비치는 아름다운 무지개, 폭포수 위 푸른 하늘 흰 구름, 걸어서 투어하는 동안 옷을 입은 채로 샤워를 했다. 우의가 준비되었으나 입으나 마나이기에….

폭포가 떨어지는 아래쪽을 내려다보니 다리가 달달 떨렸으나 스릴을 느끼고 감상했다. 몸이 흠뻑 젖어 닦아 가면서 사진을 찍었으나 위험하고 또 물안개가 너무 짙어 좋은 사진을 못 얻었다.

다음 날은 잠비아로 갔다. 그날은 우의를 입어 보았다. 천둥소리와 물보라의 위협에서 얼굴에 주르르 흐르는 물을 훔치면

서 서로서로 아우성과 감탄사를 발했다. 잠비아 쪽에서 보는 폭포가 좀 더 가까워 스릴이 있었고 물벼락을 많이 맞았다.

이 폭포는 영국의 탐험가이면서 선교사인 리빙스턴이 1855년 발견하여 영국 여왕의 이름을 따서 '빅토리아 폭포'라고 명명했다. 현지인들은 '모시 오아 툰야'라고 했다. 즉 '천둥치는 연기'라는 뜻이다. 45km 밖에서도 천둥소리가 들리며 물보라 벽이 300m 이상 튀어 올라 65km 떨어진 곳에서도 볼 수 있는 세계 최고의 폭포라고 했다.

잠비아와 짐바브웨를 남북으로 잇는 다리 아래에 소용돌이치는 물웅덩이를 보면서 몸이 절로 움츠러들었다. 아프리카 여행의 진수가 여기가 아닌가 싶다.

보츠와나에서

짐바브웨의 국경을 넘어 보츠와나로 이동했다. 적도가 가까워

지니까 남아공보다 훨씬 후덥지근하고 햇살도 강했다. 초배국
립공원에서 10인승 사륜구동으로 사파리 관광이 시작되었다.

Big Five를 만날 수 있다고 했다. 사자, 코끼리, 버펄로, 표범,
코뿔소 등 자기네들 말로는 100년 내에 처음 있는 가뭄이라고
했다. 일정한 도로가 없는 초원을 달리는 차 속에 기분 좋게 흔
들리며 야생동물을 찾아 나섰다. 야! 코끼리다. 강물이 말라 늪
치김 된 곳에 코끼리 때들이 물을 먹으며 내려오는 모양이다.
꼭 동물의 왕국에서 보던 모습이다. 제일 선두에 선 큰 코끼리
가 리더라고 하는데 암컷이고 그 뒤를 줄줄이 가족들이 따른다.
조그만 새끼 코끼리도 눈에 띄어 관광객들이 사랑스런 시선을
보냈다.

뉴스에 의하면 지금 수많은 코끼리 떼들이 이곳을 향해 내려오고 있다고 가이드가 전했다. 서식동물은 기린, 개코원숭이, 버펄로, 사슴, 임팔라 등 무리를 지어 다니는 동물들이 많고 정작 사자, 표범 같은 맹수는 보이지 않았다. 이들은 야행성이라 한 번 사냥한 고기를 실컷 먹고는 며칠간은 먹지 않고 휴식을 취한다고 한다.

오후에는 잠베지 강에서 보트 사파리를 하면서 각종 물새, 하마, 악어 등을 멀리서 바라보며 즐거워하였다. 순한 줄 알았던 하마가 그리 사나워 보트를 뒤집는 수도 있다고 했고, 버팔로(물소)도 초원에서 성질이 나면 지프차를 들이받고 힘이 굉장히 세다고 가이드가 일러 주었다.

오늘 석식은 '보마' 특식이라고 했다. 야생 동물의 바비큐 스테이크 등 각종 고기 요리라고, 듣기만 해도 좀 끔찍스러웠으나 호기심도 생겼다. 어두컴컴한 야외식당은 음악소리, 토인들의 괴성, 함부로 흔들어 대는 춤, 정신을 차려 보니 뜰 가운데는 쇠꼬챙이에 전신이 꽂혀 있는 사슴 바비큐, 악어 고기, 사자 고기, 물소 고기 등 먹고 싶은 곳에 가서 쟁반을 내밀면 고기를 썩썩 베서 주었다.

나는 사람들의 줄이 제일 긴 곳이 뭔가 괜찮은 요리라고 생각하고 접시를 들고 기다렸더니 사자 고기 스테이크를 즉석에서 구워 주는 곳이었다. 온통 기름으로 번질거리는 새까만 쿡이 내 접시에 인정사정없이 던지는 고기조각을 받아 가지고 자리에

왔다.

남편이 무슨 고기냐고 해서 사자 고기 스테이크라고 하니 주변에 같이 한 단원들이 호기심으로 조금씩 맛을 보았다. 나는 질겨서 도저히 먹을 수가 없었다.

악어 고기도 닭고기 맛이 났지만 얼마나 질기던지 두어 점을 잘라 먹고는 그만 두었다. 두루두루 야생동물 구이들을 맛보면서 난생처음 신기한 경험을 하였다. 그날은 고기에 질린 날이었다.

주일날은 요하네스버그 한인교회에서 예배를 드리며 제16차 해외 순회 연주의 순서를 가졌다. 감동 넘치는 연주였다. 우리 고유 악기인 징과 CD를 선물로 전했다. 정은일 목사님이 징을 울리자 온 교인과 우리는 환호했다. 우리나라 교민은 어디를 가나 수준 있게 꿋꿋이 잘 살고 있었다. 남아공 어디를 가나 현대와 기아차들이 누비고 있으며 워터프론트 같은 세계인들이 북적이는 큰 유통센터에도 삼성(SAMSUNG)이란 간판이 눈에 띄었다. 우리나라가 참 좋은 나라임을 머나먼 아프리카에서도 느낄 수 있었다.

케이프타운

케이프타운은 남아공의 입법수도이고 백인의 비율이 35%정도 높은 도시이다. 1652년 네덜란드가 동인도회사를 세우면서 많은 백인들이 이주해 왔기 때문이다. 여기도 흑인 구역은 요하네스버그 보다 더 비참했다. 이른바 깡통 집이라고 하면서 사방 1.5m의 방 하나로 산다고 하니 이해가 되지 않았다. 그도 다닥다닥 붙어 있고 마당이나 정원 같은 것은 보이지 않았다.

테이블 마운틴

도시의 남쪽에 있는 테이블 마운틴으로 향했다. 해발 1,086m의 산정을 향해 360도로 회전하면서 오르는 케이블카를 타고 두루 사방을 보면서 올라갔다. 세계 7대 자연환경 중의 하나인 이 테이블 마운틴은 풍화작용으로 인해 정상이 평탄하고 봉우리가 없는 넓은 테이블 모양이다. 각종 희귀한 야생식물이 바위 사이에서 자라며 예쁜 꽃들을 피우고 예술품 같은 크고 작은 자연석은 태곳적 색채로 산마루 전체를 크나 큰 자연 정원으로 꾸며 놓았다.

삽시간에 구름바다가 덮쳐와 시야를 가렸다간 어느새 걷히면서 저 아래 쪽에 케이프타운 시가지가 한눈에 들어온다. 반대편 저 멀리에는 맑은 날이면 대서양, 희망봉도 보인다고 하였다.

희망봉

다음날은 케이프 반도의 희망봉에 가려고 케이프 포인트로 한 중간쯤 버스로 가서 거기서 포인트 등대가 있는 지점까지 올라가려고 쳐다보니 엄두가 나지 않아 쳐다보고 사진만 찍으려는데 남편이 여기까지 와서 올라가지 않다니 단호한 그의 결정

에 따르지 않을 수 없다. 꾹 참고 호흡을 조절하면서 한발 한발 포인트까지 올라갔다. 아래를 내려다보니 어찔하다. 저 멀리 가물가물하게 대서양 최남단도 보이고, 수에즈운하가 생기기 전 유럽인들은 인도를 가기 위해 이 희망봉 앞바다까지 머나 먼 길을 돌아서 인도까지 갔으니 그때 사람들의 모험과 인내심을 알 듯도 하다.

우리 일행은 하산하여 다시 버스를 타고 희망 곶까지 해변을 따라 최남단부로 갔다. 이곳은 자연보호 지구로 여러 가지 동식물들이 보호되고 있었다. 눈을 또록또록하게 뜨고 쳐다보는 원숭이, 느긋한 신사 타조 등 나는 최남단 표시가 있는 바닷가에서 인증샷을 했다.

펭귄과 물개

케이프타운 볼더스비치(Boulders Beach)로 갔다.

남아공은 사계절이 뚜렷하고 지중해성 기후이며 겨울인 7, 8월도 온화한 편이며 지금 1월은 햇살이 따가운 여름이다. 그리 덥지는 않고 쾌적했다. 선크림으로, 선글라스로 햇볕을 가리고 해안으로 조금 걸어가니 몇 마리의 펭귄들이 아장아장 바위 사이로 걸어 나왔다. 얼마나 앙증스럽고 귀여운지 나도 모르게 "야, 펭귄이다." 소리치며 다가갔다. 이 볼더스비치는 펭귄과 함께 일광욕과 수영을 할 수 있는 평화스러운 곳이라고 했다. 펭귄 보호지역인 이곳에 서식하는 약 3500마리의 펭귄은 남아프리카에서 볼 수 있는 흰 얼룩무늬가 좀 특이한 '자카스 펭귄'으로 신장이 40~50cm 정도의 작고 귀여운 펭귄이었다.

나는 하와이의 하나우마베이에서 팔뚝만한 물고기 떼들과 사

람들이 함께 수영하는 모습을 보았을 때 신기함을 여기서도 맛보면서 참 '지상천국 같은 곳' 이라고 생각했다. 발걸음을 빨리 하여 산책로 끝까지 갔더니 아니나 다를까! 하얀 백사장에 수백 마리의 펭귄들이 날개를 펴고 아장아장 나 보란 듯이 해바라기를 하고 있었다. 좋은 사진기로 찍었으면 얼마나 리얼할까? 나는 휴대폰 카메라로 줌을 당겨 한 컷 찍었다.

　쾌속선을 타고 20분가량을 바다로 나가니 바다 한가운데 도이키 섬이 보였다. 섬이라기보다는 큰 바위처럼 느껴지는 곳에 수백 마리 아니 수천 마리의 물개들이 바위 색깔과 비슷해서 처음에는 잘 몰랐으나 가까이 갔을 때, 아이고, 바위 위에 빼곡히 둥근 곡선의 모양들이 움찔움찔 더러는 바다로 뛰어 들기도 하고, 헤엄치는 녀석이 기어오르기도 하고, 검은 바위섬에 가득히 올라 앉아 있는 물개 떼들을 보고 그저 경악할 뿐이었다.

이 물개들도 보호동물이라 절대로 포획하지 않는다고 했다. 나는 시선을 떼지 않고 관찰하면서 행복감을 느꼈다.

케스텐보쉬 식물원

다음은 세계자연유산인 케스텐보쉬 식물원을 둘러보고 얼마나 아름다운 동산인지! 에덴동산이 꼭 이와 같지 않을까? 모두들 감탄하면서 인공적인 유리 온실이라든가 의도적인 화단을 꾸미지 않고 자연 그대로 무성한 활엽수와 곡선으로 뒤엉킨 거대한 나무줄기며 갖가지의 아름다운 야생화를 감상했다. 나무의 종류로는 큰 소철, 티크(Teak)나무, 바오바브나무, 엄부렐라 나무, 모양은 조금 엉성하나 소나무, 야자나무, 상수리나무들이 있었다. 초록 잔디밭, 깨끗하고 푸른 하늘, 적당히 떠 있는 뭉게구름과 바위산을 보고 남국의 아름다운 정취에 흠뻑 취했다.

우리들은 그날 저녁 시그널 포인트에 올라 케이프타운의 야성을 감상했다. 너무나도 황홀한 야경이었다. 밤하늘에 반짝이는 무수한 별들도 우리가 살고 있는 북반구와 달라 한참을 쳐다보면서 저것이 남십자성인가? 별자리가 너무나 달랐기 때문이었다. 하기는 호주 뉴질랜드 남미 등지에서도 같은 경험을 했지만….

 이제 여행의 마지막 날을 맞이하여 우리 일행은 아름다운 해안 캠프스베이에서 수요 예배를 드리며 찬양과 기도와 말씀으로 은혜를 받았다. 말씀은 남편인 우 장로가 여행 전에 열심히 준비한 '하나님께 드릴 바른 찬양' 이란 제목으로 열변을 토했다.

 귀국하는 비행기 속에서 아프리카 4개국 방문이 '80대의 황혼을 맞이한 우리에게 다시는 볼 수 없는 여정이 아닐까?'를 생각하며 건강한 모습으로 여행을 마치게 되어 감사의 기도가 절로 나왔다.

　"하나님, 너무나 감사합니다."

여행 후기

　우리는 퇴임 후에 해외여행을 갈 기회가 많았다.

　2018년 1월 아프리카 여행을 마치고 나니 5대양 6대주를 두루 섭렵한 것 같다.

　국가는 36개국, 도시는 100여 도시를 넘게 방문하면서 보고 듣고 느낀 것이 많았다.

　남편이 공직에 있는 동안 해외 연수로 동남아 여행과 유럽 여행, 내가 다녀온 국외 연수와 중국 여행은 각각이었지만 나머지는 부부가 거의 함께 여행을 할 수가 있었다.

　여러 번 가본 나라도 많았다.

　본 여행기에는 가까운 나라 아시아권(일본, 중국, 태국, 캄보디아, 인도네시아, 필리핀) 등은 다 기록하지 못했다.

　여행 중 느낀 것은 동방의 한반도 이 작은 나라가 참 좋은 나라라는 것을 깨달았다.

　가는 곳마다 도로는 우리나라처럼 잘된 곳은 없었다. 무섭게 발전해 나가고 있는 우리나라를 보면서 이 국민들의 노력과 실력이 대단하다는 것을 깨달았다.

　한편 서구의 문화를 접하면서 옛것을 그대로 지키고 불편 없이 살고 있는 모습을 바라보면서 이들은 먼 장래를 내다보면서 도시를 건설하며 멋스런 문화를 지니고 있었다.

400~500년 된 건물도 외형은 그대로 보존하면서 내부를 조금 리모델링해서 사용하고, 도로에 박혀있는 인도불럭들도 그 옛날 것을 그대로 쓰고 있는 것을 볼 때 참 본 받을 점이라고 생각했다.

우리나라는 금방 부서버리고 새로 짓고 멀쩡한 도로도 파내고 고치고 새로 깔고 하는 것을 볼 때 좀 더 낭비하지 않고 영구성있는 건설이였으면 하는 생각이 들었다. 또한 사람들의 차림새도 새 옷이나 화려한 디자인의 옷을 입지 않고 아주 생활하기에 편한 수수한 옷들을 입었으나 정말 멋스러웠고 활동적인 모습들이 좋았다.

나는 대체로 우리나라 사람들이 사치스럽다는 것을 느꼈다. 그 외에도 자연환경을 보존하는 모습, 질서를 잘 지키며 남에게 조금이라도 폐를 끼칠까 염려하고 양보하는 모습, 조금만 스쳐도 미안하다고 배려하는 모습, 알지도 못하는 사람이지만 마주치면 '하이!'로 먼저 인사하는 모습은 참 보기 좋은 그네들의 생활상이었다.

　해외여행이 자유화된 이 즈음 많은 사람들이 지구촌을 여행
하게 됨에 따라 이국의 자연환경이나 생활상을 관광으로 스쳐
지나가지 말고, 우리도 우리의 것을 보존하면서 그들의 좋은
점을 본받아야 하지 않겠나 싶은 생각이 들었다.

사진으로 보는
해외여행

2009 03 11

16.01.2007

22.01.2007

CAPE POINT
34° 21' 24" SOUTH LATITUDE
18° 29' 51" EAST LONGITUDE
SOUTH AFRICA

사진으로 보는
해외여행

12.01.2007

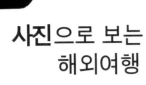

사진으로 보는
해외여행